河出文庫

森があふれる

彩瀬まる

kawade bunko

河出書房新社

目次

森があふれる

1

気がつくと、作家の妻はキッチンのテーブルで木製のボウルに入ったミックスナッツを黙々と食べ続けていた。褐色だったり、クリーム色だったり、黒だったり、白だったり、様々な色をした大小の粒が、休むことなく丸く開かれた口に吸い込まれていく。その様子を眺めているだけで、瀬木口昌志《せきぐちまさし》は粘ついた不快感が胸に広がるのを感じた。もともとそれほど胃が強い方ではない。油分の多いナッツをボウル一杯だなんて、自分なら確実に消化不良でのたうち回ることになる。

しかし向かいに座る作家・埜渡徹也《のわたりてつや》の、肩越しに見えるその妻は、テーブルに頬杖をつき、こちらを、正確には夫の背中を眺めたまま、ボウルと口元を行き来させる手を止めない。

「うーん、そうだな……ならこういう主人公はどうだろう。夫だったり子供の担任だったり、行きつけのバーの店主だったり、そういう周囲の言葉を無自覚に鸚鵡《おうむ》のように繰り返す女だ。空っぽで、自分ってものがなくて、だけどそれが美しいんだ。手垢のついた思想に汚されない、ガラスの器みたいに無垢な精神を持っている。このあいだの短編集でもそういう女を書いたんだが、もう少しインパクトのある設定を加えて長編に……」

「面白いですね。先生らしい、哲学的な深みのある作品になりそうです」

妻の挙動に気をとられつつ、瀬木口は生返事をした。埜渡はローテーブルの中央に置かれたガラス製の灰皿に目を据えて、んん、だの、むう、だの唸っている。さも悩んでいるようには見えるが、ここで口を挟むと「思考を妨げた」と嫌な顔をされる。彼は編集者に助言や見解ではなく、シンプルな思考の壁打ち役を求めるタイプの作家だ。正直なところ、タイミングよく合いの手を入れる機能と食事を奢る財布さえ持っていれば、目の前に座っているのが瀬木口でも、シンバルを持つおもちゃの猿でもどちらでもいいのだろう。一人で思索の海に沈み、勝手に一定水準以上の物語を組み上げていくので、ある意味とても手がかからない作家と言える。

なので瀬木口は遠慮なく、埜渡の妻に注意を向けていた。妻は二十分ほどかけて静かにボウルのナッツを食べ終えると、冷蔵庫からミネラルウォーターの二リットルボトルを取り出した。コップに水を注ぎ、喉を反《そ》らして一息に飲み干す。

そして、まるで根元から切り倒された樹木のように、ゆらりとその場に倒れた。

あ、と瀬木口の喉から悲鳴が漏れた。背後を振り返った埜渡が一拍遅れてキッチンへ走る。

「どうした琉生《るい》！」

埜渡に抱き起こされた妻は重たげなまばたきをして、丁寧に夫の腕を押しのけた。

「なんか、疲れちゃった」

「なんだそれは……眠るならちゃんとベッドで休みなさい」

「そうだね、そうする」

妻は思ったよりもしっかりした動作で立ち上がった。すれ違いざま瀬木口に向けて、苦笑まじりに会釈する。

「瀬木口さん、お騒がせしてすみません。どうぞごゆっくり」

そう言い残して、彼女はリビングを出て行った。寝室のある二階へ向かったのだろう。階段を上る軽い足音が続く。

「なんなんだいったい」

眉をひそめた埜渡は、テーブルに残された空のボウルに気づくと食い入るようにそれを見つめた。

「これは……」

「あ、さきほど奥様が召し上がってました」

「これの中身を？　冗談だろう！　隣の空き地に蒔《ま》こうと思っていた草木の種だぞ！」

顔色を変えた埜渡がボウルを片手に階段を駆け上がった。琉生、琉生、と甲高くわめく声に、ぼそぼそと低く這うような妻の声が応じる。

二階にこもった夫婦の話し合いは三十分待っても終わらず、瀬木口は打ち合わせの続きを諦め、リビングにメモを残して埜渡の家を出た。

埜渡徹也とその妻の琉生は、おしどり夫婦として出版界では広く知られている。なぜ作家の夫だけでなく、妻の琉生まで名が通っているのか。その理由は埜渡の出世作にある。

八年前、デビューからすでに七年が経っていた三十五歳の埜渡は、若い男女のみずみずしい愛の交歓を綴った中編『涙《るい》』が初めて文学賞の候補に選ばれ脚光を浴びた。あくまでフィクションの体《てい》ではあったものの、それが埜渡と、一回り若い彼の妻との関係性を下地にした私小説であることは明らかだった。

打ち合わせで埜渡宅を訪ね、初めて琉生に対面した際、『涙』の一節が瀬木口の頭に浮かんだ。

【飾り気のないショーツとブラジャーを脱ぎ捨てた彼女の肉体は、子供の頃に炎天下の畑でもいだ小さなピーマンを思い出させた。浅い影をまとってやんわりとくびれ、ところどころを隆起させたその無邪気な物体は、うっすらと清らかに光っていた。】

ショートカットで、おうとつの乏しい少年めいた体つきをした琉生は、まさに作中に描かれた「妻」のイメージそのままだった。みずみずしい黒目がちの目をまたたかせ、軽い頷きをこちらに向ける。

「新しい編集さん？　どうぞよろしく」

「山入書房《やまいりしょぼう》の瀬木口です。お邪魔いたします」

差し出された、柔らかい手を握る。

じわりと背中が汗ばんだのは、『涙』に描かれた様々な断片が目の裏をよぎったからだ。

硬くなめらかなピーマンの触り心地、割り入った内部の思いがけない潤いと温かさ、回数を重ねるにつれ、硬さを帯びたよそよそしい肉がほどけて熟れていったこと。彼女から想起される『涙』のイメージは官能的で、否応なく興奮を誘われるという意味では不快ですらあった。目が合わせづらい。

琉生は気にした素振りもなく、さらりと手を離して台所へ向かった。

彼女の白いタンクトップの背中に浮かんでいた肩甲骨の陰影を、瀬木口は出会いから三年が経った今でもぼんやりと覚えている。まるで物語の登場人物と握手をしたような、奇妙な浮遊感と共に。

翌日の昼、埜渡から編集部に電話がかかってきた。打ち合わせの中座を詫び、次作についてもう少し設定を固めてから改めて連絡する旨を伝え、おおよその締め切りを確認して、最後に埜渡は、忘れていた書類を発送したと告げるかのような調子で言った。

「妻がはつがしたんだ」

「……は？」

「それで悪いんだが、今からちょっと来てくれないか？　これから言うものを近くのホームセンターで買ってきて欲しいんだ。もう在庫の確認はしてある」

埜渡が瀬木口に頼んだのは、幅一メートルを超える巨大な水槽と、土と、有機肥料だった。

妻が、発がん？

それは辛かろう。闘病の癒やしのために、観葉植物をたくさん植えた水槽を用意したいということか。アクアテラリウムとか言ったな。昨日の彼女の奇行も、病気の宣告に動揺して、などの理由があったのだろうか。

なんにせよ埜渡は『涙』の発表以降、上梓する作品がたびたび文学賞の候補に選出され、映像化の依頼も途切れない安定感のある作家だ。デビューから十五年。特にここ数年は筆力が円熟し、物語の奥行きも申し分ない。埜渡自身にもその作品にも、ブレイク間際の緊迫感が漂っている。大きな波に乗るため、ここで彼の機嫌を損ねるわけにはいかない。

午後の予定を済ませ、指定されたホームセンターで頼まれたものを社用車に積んで埜渡の自宅へ向かった。夕方の浅い時刻。陰りゆく空は彩度を落とし、視界に靄《もや》をかけるような薄紫色が世界をとぷりと満たしている。事故が起こりやすく、あまり好きな時間帯ではない。

東京の郊外にある埜渡の自宅は新築の二階建てで、安く売りに出されていた隣の土地も合わせて購入したという。今は夫婦二人暮らしだが、この先出産であったり介護であったりで暮らし向きが変わるのに備え、いずれは埜渡の仕事場を建てるつもりだと聞いた。瀬木口はまだ空き地でしかない隣の土地に車を駐め、苦労して後部座席から水槽を引っ張り出すと、借りてきた台車で埜渡家の玄関へ運んだ。

ドアホンのボタンを押してしばらく待っても、反応がない。

「埜渡先生、瀬木口です！」

呼びかけても、ドアの向こうに人の気配はいっこうに現れない。スマホで連絡した方がいいだろうか。思いつつ片手を浮かせ、レバーハンドルタイプのドアノブに触れる。

軽い手触りと共にノブが下がり、扉が開いた。不用心さに鼻白みつつ、瀬木口は水槽をなんとか玄関の上がり框《がまち》にのせ、薄暗い室内を見回した。

家の奥から人の気配と、水の流れる音がする。

「失礼しまーす……」

呼びかけつつ、とりあえず靴を脱いで家に上がった。

昨日の打ち合わせで通された一階のリビングや、隣接するキッチンに人影はない。しかしキッチンの奥の扉が半開きになっていた。押し開くと、細長い廊下がある。手前の扉はトイレ。構造を考えれば、その奥が脱衣所と風呂場だろう。ここで、水音の正体がシャワーの音だと気づいた。細く分割された大量の水が砕ける派手な音に、人の話し声が混ざっている。

埜渡の声だ。

「……だから、彼女とは君が思うような関係じゃない。ただの生徒の一人で、新人賞への投稿を視野に入れているというから色々とアドバイスしていただけだよ。確かに帰宅が遅くなったのは悪かった。でも講座のあと、他にも人が出入りする教室に残って、原稿を挟んで議論していただけだ。君だって昨日、僕と瀬木口くんが打ち合わせしているのを見ていただろう？　あれとまったく変わらない。こんなつまらないことで深刻に思い詰めるなんて、馬鹿馬鹿しいぞ」

いつも通りの知的で柔らかな口調だった。琉生が応じる声は水音にかき消され、うまく聞き取れない。

夫婦で入浴中だったとは、まずいタイミングで来てしまった。しかし車にはまだまだ頼まれたものが残っているし、ここに立っていても仕方がない。埜渡に到着を知らせなければ。キッチンへ戻り、瀬木口は大きく息を吸って声を張り上げた。

「埜渡先生いらっしゃいますかァ、瀬木口でーす！　すみません、頼まれた荷物を運んできました！」

まるでまだ彼らの位置が分かっていないとばかりに、首を巡らせて声に強弱を付ける。そしてキッチンから奥へ通じる扉を、そっと元の半開きに戻した。

今度はさすがに声が届いたのだろう。シャワーの音が止んだ。

「すまないここだ！　今行くよ」

リビングの中央で待つこと数分、サックスの襟つきシャツに色の深いデニムを合わせた埜渡がやってきた。足下が、裸足だ。

「手間をとらせて済まないな」

「いえいえ、水槽はどちらに……」

「寝室に運びたい。手伝ってくれ」

玄関に向かい、それぞれに水槽の両端を抱え、二階の寝室へ運んだ。なんとなく悪い気がして、瀬木口はあまり夫婦の寝台を見ないよう目をそらしたが、どうしても視界に入ってくる。へこんだ枕が二つ並び、掛け布団がめくれている以外は特徴の無い、ただのダブルベッドだ。むしろ目についたのは、ベッドの近くに並べられた三つの大きな本棚の方だった。どの棚にもびっしりと本が差し込まれている。編集者の悪癖で背表紙を盗み見る。いわゆる娯楽のための本はほとんどなく、近現代史や美術、政治、社会風俗等々、埜渡が執筆の資料として読んでいるのだろう本が並んでいた。

ベッド脇に水槽を設置した後、瀬木口は車に積んだ土と肥料の大袋を二回に分けて寝室へ運び込んだ。埜渡は黒々と湿った土を水槽に敷き詰め、さらに土よりもいくらか茶色っぽく、木ぎれに見えるものや粉状のものなど、様々な原材料が配合された肥料をその上にまいて両手で丁寧に混ぜ込んだ。

「こんなところかな。一度席を外してもらっていいか。妻を浴室から連れてくる」

「あ、はい」

促されるまま、寝室から廊下を挟んだはす向かいにある埜渡の書斎に移動する。壁を埋める大きな本棚が二つと、ファックス付きの電話機をのせた小さな棚、仕事机が目に入る。机の上には電源の落とされたノートパソコンが開いたままになっていた。パソコンの周囲に積まれた本や棚の本を見る限り、こちらの部屋には資料というより一般的な小説や、最近話題になった本が多く置かれている。

閉じた扉の向こう側で、埜渡が廊下を行き来する足音が聞こえる。やがて、妻のぼそぼそとした声が近づいてきた。埜渡の声と絡み合いながら廊下にとどまり、続いて扉の閉まる音が響く。寝室に入ったのだろう。

数分後、埜渡が書斎の扉を押し開けた。

「待たせてすまないな、もう大丈夫だ」

「はあ」

なにが大丈夫なんだ？　瀬木口は一瞬、状況がよくわからなくなった。自分はもう頼まれごとを果たしたし、特にここに留まる理由もない。風呂上がりだなんて間の悪いタイミングで、わざわざ琉生に挨拶したいわけでもない。しかし埜渡は瀬木口を先導し、再び寝室の扉を開けた。

寝室に入ると、さきほど二人で運び込んだ水槽の中になにかがいた。黒い部分とベージュ色の部分があり、全体がもやもやとした淡い緑色に覆われている。なんだろう、頭にいやな感じが湧き上がる。あんまり見たくないような、道の先に落ちているかたまりが、なにかの死骸かも、と予感するのに似た、異変の気配。

しゃら、とかすかな音を立てて、そのかたまりが動いた。瀬木口に一対の目を向ける。

「あ、瀬木口さん」

それは、嬉しそうに目を細めた。

「お忙しい中、お手を煩わせてごめんなさい。とっても助かりました」

聞き覚えのある女の声に、全身の毛が逆立った。分かりたくないのに、まばたきのたびに理解が進む。

「る、琉生さん」

それは顔といわず体といわず、肌にびっしりとさみどり色の若芽を生やした琉生だった。よく見れば黒い髪の隙間からもぽつぽつと丸い双葉がのぞいている。下半身は先ほど埜渡が用意した土に埋まり、胸から下にはクリーム色のブランケットをかけている。異様な景色に動揺し、つい不躾な目線を向けてしまう。琉生は眉をひそめて苦笑いをした。

「なんだか、こんなことになっちゃって」

「こんなことって、そんな……」

目の前の出来事が信じられず、二の句が継げない。するといつのまにか席を外していた埜渡が、緑色の如雨露《じょうろ》を片手にやってきた。

「ほら、琉生」

静かに言って、琉生の全身にシャワー状の水を振りかける。

「ああ、やっぱり土があった方がいい。水が吸いやすい」

深々と息を吐き、琉生は気持ちよさそうに目を閉じて水槽のふちに頭を預けた。

「ごめんなさい、少し休みます。どうか私のことは気にせず、お仕事していってください。徹也さん、コーヒーは食品棚の二段目に入ってるから」

「ああ」

浅く頷く埜渡に続き、瀬木口は夫婦の寝室を出た。一階に下り、リビングのソファセットに昨日と同じ位置関係で腰を下ろす。

ふう、と埜渡は息を吐いた。数秒視線を宙に漂わせ、また落ち着かない様子で腰を浮かせる。

「コーヒーだったたな」

「先生、自分が」

「いや、いいんだ。座っていてくれ」

埜渡が淹れてくれたコーヒーは薄くて苦かった。どうやら温度の低いポットの残り湯を使ったらしい。きっと普段は琉生が常に新しい湯を注ぎ足しているのだろう。まずさを押し殺してそれをすすり、慎重に切り出した。

「あの、病院とか……何科なのかもちょっとよく分かりませんが……外科か、皮膚科でしょうか」

「それが行きたくないと言ってるんだ。どれだけ説得しても聞く耳を持たない。いっそ救急車を呼ぼうかと思ったんだが、そんなことをしたら舌を噛み切ると脅された」

「そんな……」

「喧嘩中でな、些細な誤解が積み重なって……ああなったのも、俺への当てつけなんだよ」

瀬木口は先ほど耳に入った夫婦の会話を思い出す。

埜渡は月に一度、カルチャーセンターで小説講座の講師をしている。そこで出会った女性との関係を疑われているということか。あまり意識したことはなかったが、改めて見ると埜渡は癖のない整った目鼻立ちをしている。服装も清潔感があり、ほどよく力の抜けた洒落っ気もある。体格も四十代にしては引き締まっている方だ。浮いた話の一つや二つ、あってもおかしくないのかもしれない。

渋い顔で腕組みをしたまま、埜渡は一つ咳払いをした。

「まあ、それはいいんだ。夫婦の問題だからな。なんとか誤解を解いて、医者に連れていくさ」

「はあ……」

「それより次の作品だけど、やっぱり設定を変えようと思う。全体を組み直すのにまだ時間がかかりそうだから、締め切りをちょっと都合してくれないか」

「あ、はい！」

仕事の話が始まり、瀬木口は慌てて背筋を伸ばすと背広からメモ帳を取り出した。

男女のディスコミュニケーションがテーマで、ある日突然お互いの会話が嚙み合わなくなって、と埜渡が切り出し、そういえば少し前に参考になりそうな海外作品がありました、と瀬木口も応じる。

二時間ほど熱の入った打ち合わせを行い、埜渡家を出た時には日が暮れていた。いつもならこんな時間まで長引くと、ラーメンであったりお好み焼きであったり、琉生が簡単な夕食を用意してくれたものだ。

しかし今後はそういうわけにもいくまい。彼女に生活のあれこれを頼り切ってきた埜渡はこれからどうするのだろう。どちらかが大病した、もしくは亡くなった、浮気が発覚した、不貞行為によって妊娠した、妊娠させてしまった、などなど夫婦関係のトラブルは職場でも様々なケースを見聞きしてきたが、妻から発芽したなんて話は初めてだ。

空き地に駐めた車を運転し、ホームセンターに台車を返却して会社に戻る。ホームの立ち食いそばで夕飯を済ませ、電車を乗り継いで自宅のマンションに帰ったのは二十二時を回る頃だった。子供を起こさないよう慎重に玄関のドアを開閉し、照明がしぼられた居間へ向かう。

ちょうど寝かしつけを終えた妻の明子《あきこ》が寝室として使っている和室から出てくるところだった。目で頷き合い、明子がふすまを閉めるのを待って、居間の照明の光量を上げる。

「ただいま」

「おかえり。夕飯は？　まだならガパオライスが残ってるけど」

「帰りにそば食ってきた」

「そう」

あくびを漏らし、明子はローテーブルの前に座ると仕事用の鞄から幾枚かのプリントを引っ張り出した。シャープペンシルをノックして、こめかみを押さえて考え込む。どうやら自分が働いている店舗の、明日のワーキングスケジュールを立てているらしい。

明子はもともと、全国に店舗を展開するアパレルブランドの経理職として本社に勤務していた。しかし二人目の産休復帰からまもなく、どうしても育児と仕事の両立ができないと行き詰まり、半年ほど前から立場を社員から残業の少ない準社員に変えて、自宅からほど近い店舗の副店長として勤務し始めた。

せっかくのキャリアを諦めなくても、ダブルインカムなんだからシッターを雇うなりなんなりすればいいじゃないか、と口を出したこともあったが、きっとこれで良かったのだと思う。二人とも正社員として働いていた頃はなかなか生活時間が噛み合わず、一緒に暮らしているのに全く顔を合わせない日も珍しくなかった。今は、帰宅すれば基本的に明子が家にいるし、子供たちも母親の手作りの夕飯を食べ、子守歌で寝かしつけられている。瀬木口はようやくただの同居人が家族になったような、そんな安らぎを感じていた。

シャワーを浴び、まだ持ち帰りの仕事に手間取っている明子の愚痴に相づちを打ちながらビールを一缶空ける。

「パートの顔色をうかがってワースケもまともに組めないぼんくら店長より、私の方が十倍働いてるのに給料は半分なの。ありえない」

「まあ給料が半分な代わりに、子供が熱出したらシフトを融通してもらえるんだろ？　気楽な立場なんだから仕方ないさ」

言われたくないことだったらしく、明子は眉間にしわを寄せた。しまった。育児と仕事の兼ね合いの話になると今でも彼女は不機嫌になる。空き缶を始末し、早々に子供らが眠る和室へ引き揚げた。

青っぽい闇の中で、柔らかくふくらんだ二つの塊が少し距離を空けて寝息を立てている。子供がいる部屋はいつも、焼き菓子のような油っ気のある甘い匂いがする。二人の間に寝転がり、うつぶせで体を丸めて眠る五歳の長男の頭を撫でてから、仰向けで大の字になって眠る一歳の娘の小さなてのひらに指を差し込んだ。ゆるく握り返してくるのが可愛らしい。

編集部の人手不足で作業量が年々増え、朝の七時には家を出て夜の十時に帰る生活をおくる瀬木口は、基本的に休日以外で起きている子供たちに会う機会が無い。

しかし無垢な寝顔を見るだけでも愛おしさで胸が満たされ、明日も頑張ろうという気になった。山積みのゲラを精読し、それぞれの著者の自尊心とモチベーションを気遣いながら問題点を指摘して、良い作品に仕上げさせよう。営業と意見を調整しなければならない一件や、トラブルが発生し多方面の意向を確認している一件を思い返しつつ、ぼんやりと天井を眺める。

ふえ、と傍らで声が上がった。猫のくしゃみのような泣き声とともに、顔をくしゃくしゃにした娘が身をよじってぐずり始めた。彼女はおっぱいにしがみつくのが大好きで、母親の抱っこでないと泣き止まない。しかし泣く姿も可愛いものだ。しばらくそれを眺めていると、ふすまを開けてしかめっ面の明子がやってきた。

「ああもう。よーしよし、どうしたの」

歌うように呼びかけながら、娘を抱いて居間へ戻っていく。流れてくる子守歌に耳を傾けるうちに仕事のことが頭から薄れ、瀬木口はふわりと意識を手放した。

基本的に家族の間で発生した問題は、家族の間で解決されるべきだ。子供が不登校になっても、妻が入院しても、夫が鬱になっても、社内の誰もが平静を保ち、周囲に迷惑をかけないよう気遣いながら自立した社会人として仕事を回している。

だから埜渡夫婦の問題も、あくまで彼ら二人の問題だ、と瀬木口は思う。対岸の火事を眺めるような楽観性と無関心があったからといって、責められる筋合いはない。

正直に言うと、埜渡から新作のデータが送られてくるまで、琉生に起こった異変のことはなるべく考えないようにしていた。あまりに気味が悪くて思い出したくなかったというのが本当のところかもしれない。植物に蝕まれるなんて一体どんな治療をすることになるのだろう。発芽した種子を一つ一つ、毛穴からピンセットで抜いていくのだろうか。時折そんな野次馬根性丸出しな想像をするのがせいぜいだった。

原稿用紙に換算して五十枚ほどのその小説には、男を思うあまり草木の種をざらざらと飲み込み、全身の毛穴から緑色の芽を噴き出させる女が登場した。

伸長する植物に栄養を奪われ、女の体は日に日にしぼんで薄くなり、黒く湿った土と同化していく。生い茂った艶やかな葉の影で、まだふくらみをたもった杏色の唇が動く。こんなにもあなたを、あいしていた——。

生々しい一文を読んだ瞬間、瀬木口は背筋を震わせて席を立った。電話で在宅を確認し、プリントアウトした原稿の続きを貪るように読みながら電車を乗り継ぎ、最寄駅からはタクシーに乗って、埜渡の家を訪ねる。

「なんだか悪いね。わざわざ来てもらっちゃって」

一週間ぶりに顔を合わせた埜渡は、いかにも起きたばかりといったむくんだ顔をしていた。欠伸《あくび》を嚙み殺しつつ、瀬木口を以前よりも物が散乱したリビングへ通す。

「原稿を送ったあと、頭がぴりぴりしてろくに寝つけなかったんだ。今なにか言われても頭が回んないよ」

「いえ、そんなややこしい話ではなく……あ、あの小説は、琉生さんがモデルですよね？」

「うんそうだよ。色々考えてたんだけどさ、下手な作りものより、今の琉生の方がずっと面白くて」

「面白いって、琉生さんはあのあと病院に行ったんですよね？　ちゃんと治療を受けて……」

「いやそれが、治したくないって言うんだよ」

「……は?」

「このままでいい、元に戻りたくないんだって。参るよなあ」

やけに間延びした呑気な声で言って、埜渡は寝癖のついた頭を掻いた。

「だめだ、起きてられない。なにかあるなら、三十分後に起こしてくれ」

ソファへ横向きに寝転がり、埜渡は手探りで背もたれにかけてあったブランケットをつかむ。

「でも先生、それじゃ琉生さんは」

「あ、そうだ。瀬木口くん、待っててくれるならついでに琉生に水をやってくれないか。昨日は夜通し執筆してて、構ってやれなかったんだ。きっと土が乾いてると思うから」

顎の真下までブランケットを引き上げながら埜渡は腕を伸ばし、ソファの背もたれ越しにキッチンの床付近を指さした。

緑色の如雨露が置いてあった。

これはあくまで埜渡夫婦の問題だった、はずだ。

無意識のうちに奥歯を噛み、瀬木口は水を注いだ如雨露を両手で抱えて階段を上った。中身を零さないよう一度それを床に置き、寝室の扉を開け、また腕に抱えて薄暗い部屋に入る。

夫婦の寝室は心なしか湿度が高かった。まるで大きな生き物が同じ空間で呼吸しているみたいに空気が動いている。

瀬木口は部屋の一角に大きく茂ったそれを目に映し、なんてまがまがしいのだろう、と胸が黒く塗り潰された気分になった。幅広の水槽から細くまっすぐな茎が何十本も、瀬木口の背丈に届く勢いで育っている。そしてその植物たちの根元には空間の狭さに応じて手足や頭をすくめた、胎児を思わせる造形の青白い肉がうずくまっている。

これでいい、という作家の妻も、その意志を受け入れる作家自身も、どちらも明らかに頭がおかしい。妻がこんな奇行に及んだ原因が作家の不倫だというなら尚更だ。目の前にあるのはただの不貞行為の末路と関係性の破綻、自殺に等しい自暴自棄で、悲惨以外のなにものでもない。

それなのになぜ、埜渡が描く女はあんなにも美しいのだろう。無垢で、愚かで、いたましいほど情が深く、傷ついて血を流している。一行一行から百合の匂いに似た生臭い背徳の香りが立ち上るようだった。

あれは『涙』の再来だ。確実に人間が抱える業の一つを剝き出しにする素晴らしい作品になる。初めの三行を読んだだけでそう直感した。

原稿の冒頭には、一、と数字が打たれていた。つまり二も、三も、これから続いていく。

あれが完成するためには、目の前の水槽に生まれた小さな地獄が、必要なのだろう。

頭がぼうっとした。

手の感覚を失ったまま、如雨露を傾ける。子供たちの寝顔が浮かんだ。薄いもみじ型のてのひら、香ばしいつむじの匂い。今すぐこんな如雨露を投げ捨て、あの平和な寝室に帰りたい。細かな穴がいくつも空いた蓮口から、さあ、と雨粒のように砕けた水があふれ出す。生い茂った葉を濡らし、茎を滑り落ちていく。

「アア、気持ちいい……」

唐突に水槽の底から女の声が湧き出した。聞き覚えのある、それなのに今まで聞いたことがないほど明るい琉生の声だ。まさかこの状態でまだしゃべれるなんて。

「あ、そこにいるのは瀬木口さんね。徹也さんったらこんなことまであなたにやらせて、本当にしょうがないな」

返事を、しなければならない。この女――女？　つちくれ？　人？　苗床？　は、どんな状態であれ重要な取引相手の奥方であり、インスピレーションの起源だ。丁重に接しなければ。

そう、分かっているのに舌が動かない。なにか一言でも声を出したら埜渡の行為に荷担することになってしまう気がする。このおぞましい状況も、それを利用して作品を書くのも、あくまで埜渡個人の罪であり、自分はただ素晴らしい原稿を受け取って社会に送り届けるだけだ。版元は需要と供給を結びつけるパイプ役に過ぎない。過ぎないのだ、と胸で繰り返した。

「いつもは打ち合わせのたび、私がお茶を出してたけど、今日は逆ですね」

生い茂った葉がさやさやと揺れる。笑っている。現状にまったく恐ろしさを感じていない、頭のおかしい作家夫婦への憎しみが湧いた。震える手で水をまき終え、一言もしゃべらずに寝室をあとにした。

どうしてもまっすぐ帰る気にならず、瀬木口は乗り継ぎに使う都心の駅で電車を降り、駅前からほど近い繁華街でとても久しぶりに女を買った。入社した頃に先輩社員に幾度か世話をされて以来だった。二十一歳だというどう見ても三十過ぎのピンサロ嬢は、大きな胸の谷間にぽつぽつと赤いニキビが出来ていたけれどとても優しく触ってくれた。行為が終わった後は時間が終わるまで抱きしめてもらい、いくらか落ち着いて自宅に戻った。

「遅かったね」

今日も明子はローテーブルに持ち帰りの仕事を広げていた。少し疲れた顔でビールをあおりながら、商品資料らしい分厚いファイルをめくり、売り場の平面図になにやら書き込んでいる。後ろめたさから上手く彼女の目が見られず、ちょっと進めている本にトラブルが重なって、と釈明する。明子は顔を曇らせた。

「あんまり無理しないようにね。なに、また大御所の先生方の我が儘に振り回されてるの?」

「いや、そういうわけじゃないんだけど……」

だけど、と呟いたかたちのまま、口の動きがしばらく止まった。言いたい、言ってしまいたい、と眩暈《めまい》にも似た誘惑に駆られる。自分が今日どんな目に遭い、どんな物事に触れてしまったのか、この付き合いの長い伴侶に洗いざらい打ち明けてしまいたい。如雨露を支えた両手を一緒に洗って、大丈夫だと慰めて欲しい。

瀬木口は強く奥歯を噛んだ。

言える、わけがない。

一つの物語のために、他人の妻とはいえ一人の人間を見殺しにして、さらにその手助けをした？　そんな文脈を理解し、共感してくれるのは自分と同じ状況に陥った人間だけだ。明子は恐れ、怯え、嫌悪すべき虫でも見るような目で俺を見るだろう。

「ちょっと意見の食い違いで揉めているだけだよ。数日中には片付くさ」

「そう、それならいいけど……」

「風呂に入ってくる」

鼻先に、客が替わるたびにウェットティッシュで拭いているのだろう、アルコール臭が混ざったピンサロ嬢の胸の匂いが残っていた。いつものボディソープで体を洗い、慣れ親しんだシャンプーの香りに包まれてやっと肩の力が抜ける。

居間に戻ると、明子が瀬木口のスマホを手にしていた。

「なんかピロンって音がしたから、職場から連絡かなって思ったんだけど、アプリの更新だったみたい。ちゃんと充電しなよ。電池切れそうだよ？」

呆れたように言って、明子はそれを瀬木口の手に返した。


十日後、埜渡から第二章が届いた。どんどん人から遠ざかっていく女と、女をかつて愛していた、なんの取り柄もない平凡な男の静かな対話が胸に沁みた。編集部でも評判がよく、雑誌掲載前にもかかわらず早くも単行本の発売時期や営業戦略が練られ始めた。

「埜渡さんはこれまで何度か候補作どまりで悔しい思いをしてきたけれど、今回はいけるんじゃないか」

「女性の書き方がなにか吹っ切れた感じだよなあ。いつもなら物語の最後まで丁寧に扱う美人を、冒頭からぐいぐい破壊していくんだから」

「瀬木口くん、お手柄じゃないの。一体どうやって書かせたんだ？」

編集部全体が迫り来る祭りの予感に浮き立っていた。誰も彼もが瀬木口の机に立ち寄り、あれ良かったよ、埜渡さんはただものじゃないな、と親しげに声をかけてくる。そのたびに瀬木口は、やっぱり自分は間違っていない、と石を飲み下すような気分で思った。間違っていない。正しく仕事をしているだけだ。

それでもつい、編集長の棚橋《たなはし》の動きを目で追った。埜渡の原稿に関わりたくない、だなんて泣き言を口にするつもりはない。でももしも、もしも言えたとしたらどんな風に言おう。奥さんが大変なことになっていて、それでも先生は原稿を書いていて、これは……これは、なんなのでしょう。俺は、私は、一体なにに巻き込まれているのでしょう。

小さな火のような迷いは午前の会議中、プリントアウトした埜渡の原稿から顔を上げた棚橋の、眉間のしわを見た瞬間に霧散した。

「なんだかなあ……一皮剝けたことを書いているようで、実はこれまでの埜渡さんの世界のとらえ方と、大して変わっちゃいないんじゃないかな」

どく、と心臓が痛むほどの怒りが込み上げた。

俺が一体どんな思いをして、どんな風に手を汚して、この原稿を取ってきたと思っている。息を深く吸い、ゆっくりと吐き、落ち着きを装った声で意見を返した。

「どうか最終話まで見守ってください。必ず、埜渡先生の代表作になります」

「うーん……面白いんだよ。物理的な肉体の破壊って、インパクトも強いしな。掲載の水準はもちろんクリアしてる。ただ……そうだなあ、埜渡さんにはもっと自分を疑って、苦しんでもらった方がいい気がするんだけども。まあ、今から大きく変えろっていうのも難しいだろう。この話でどこまで行くか、見守ってみよう」

「はい、よろしくお願いします」

会議が終わると、瀬木口はまた電車を乗り継いで埜渡の自宅を訪ねた。執筆に疲れ果て、ソファと一体化した埜渡に、評判良いですよ！　と興奮気味に告げる。

「この調子でいきましょう！」

「うん、俺も手応えを感じてる。今回のはすごく良い話になると思うよ」

目の下に隈をつけたまま、埜渡は無邪気に微笑んだ。

「それで悪いんだけど、今朝も眠すぎて琉生の世話をしてやれてないんだ。水やり頼んでいいかな？」

今さら引き下がることなんて出来るものか。瀬木口は強《こわ》ばった頬に微笑みを浮かべて頷いた。

水で満たした如雨露は、今日もずっしりと重い。

扉を開けると、水槽から伸びた植物はすでに天井の高さにまで育っていた。前回はアスパラぐらいの太さだったたくさんの茎がビール缶ほどになり、ぐんと歪曲しながら水槽外に溢れている。水槽内部には白い根が窮屈そうにひしめいていた。根元がしぼられ、一定の位置から大きく樹形が膨らむ様は、どことなくブロッコリーを連想させた。種がこぼれたのか水槽周囲のカーペットからも草が生え始め、寝室の三分の一が植物に侵食されていた。

人を養分にすると、木はこんなに早く成長するものなのか？

背筋に寒気を覚えつつ、幹に圧迫されて今にも割れそうな水槽の隙間に水を注ぐ。

「あ、瀬木口さん」

相変わらず機嫌のいい女の声に、心臓がしぼられる。

まだ、生きていたのか。

「すっかり夏っぽくなってきましたね。塩素の香りがする。この家の裏手に小学校があってね、きっとプールの消毒をしてるんだ」

早く、早く水が終わって欲しい。願いつつ、如雨露をさらに傾ける。

「きっと今日は風がふわっと軽くて、暖かくて、気持ちがいいんでしょうね。夏の始まりが一番好きだな。外に出たい。あの人、ぜんぜん気が利かないから、この部屋の窓なんて閉めっぱなしなの。息が詰まって仕方ないったら」

自分から、どこにでも行ける、なんでも出来る人の体を手放したくせに、この女——女？　存在？　は、一体なにを言っているのだろう。水槽の内部、複雑に絡まり合った根の集積に目を向ける。あの中で生きているのか。どこかの隙間から眼球を動かし、こちらを見ているのか。

瀬木口はふと、自分が既に琉生を微塵も人間として認識していないことに気づいた。これはもう、ただのよくわからない不気味なものだ。アートっぽいニュアンスで植物をまとった人間には辛うじて美しさを見出せても、こうも人から逸脱されると、むしろ堪えようのない嫌悪感が湧き出てくる。人のようで人でないもの、狭間のものはすごく怖い。如雨露が空になったのを見届けて、寝室から逃げ出した。

一度利用したらなんとなく気の晴れる感じが癖になって、今日も帰りに風俗店に立ち寄った。あまり感じの良い人に当たらず、かえって疲れが増した気分で自宅に戻った。

玄関の扉を開けたときから、妙な感じがした。部屋が暗い。子供の寝かしつけに照明を絞っているわけではなく、本当に暗い。居間の照明が完全に消されているなんて、ここ最近であっただろうか。

手探りで照明のスイッチを押す。いつも明子が仕事をしているローテーブルには手書きの文字でびっしりと埋められた、見るからに不穏なＡ４用紙が置かれていた。どうして一緒に暮らしているのかわからなくなった私に愛がなくなったならちゃんと言って欲しかった子供たちは連れて行くなんで泣いてるのに抱っこしてくれなかったのどうせ子供たちのこともどうでもいいと思ってたんでしょう私のことをお母さんだと思ってるこんなに心のすれ違った生活を送るぐらいなら離婚して実家に戻った方がマシ、云々。

初めはまともに書かれていた文字が、行が進むにつれて崩れ、絡まった曲線のかたまりになっていく。書かれている内容があまりに突拍子もなくて、何度読み返してもさっぱり頭に入ってこない。帰る家を間違えてしまった気分だ。通りを一つ、駅を一つずらせば、そこにはこれまでと変わらない自分の家がある。明子がぼやきながらテーブルで仕事をしていて、可愛い子供たちは眠っていて、冷蔵庫には自分のためのビールが冷やされている。そんな本当の、正しい家が、どこかで自分を待っている気がした。

妻の発芽を初めて目にした埜渡も、こんな気分になったのだろうか。

埜渡から最終章に当たる第三章が送られてきたのは、夏の盛りのことだった。瀬木口は埜渡に促されるまでもなく重い如雨露を抱えて階段を上り、部屋の大半が植物に没した夫婦の寝室に入った。

如雨露で水をやろうにも、そもそも水槽がどこにあるのかよくわからない。膝が隠れるほど深い茂みが床を覆い、部屋のあちらこちらに木が生えていて、視界が葉に遮られるせいで部屋の奥の壁が見通せない。よく床が抜けないものだと思う。

仕方なく、うろ覚えで水槽があった場所に水をまいた。ベッドも本棚も見えないものだから、室内の位置感覚が曖昧だ。

如雨露の中身を半分ほどまき終えてなお、森は静かなままだった。あの溌剌とした琉生の声は聞こえない。

やっと死んでくれた?

琉生の眼差しが消えたことで、ようやく冷静に森の様子を観察することが出来た。琉生に混乱し怯える間は、見ているようでなにも見えていなかったのだろう。屋内にあるということを除けば、ぼんやりと暗い、町の外れにいくらでもあるような雑木林だ。木も草も、見たことがあるようなものばかりで、不穏さはひとかけらもない。

おびえて悪かったな、と今さらながら思う。人よりも植物に近かった前回の琉生は、化け物というよりむしろ終末期の病人に等しかったのではないか。彼女だって好きでこんな状態になったわけではない。なにもかも埜渡のせいなのだ。それなら自分はせめて、彼女の世間話に優しい相づちを打ち、可能ならば恨み言の一つでも聞いて、無念を薄めてやるべきだったのではないか。

目を凝らすと、下生えが生い茂るカーペットには大小様々な木の実や種がこぼれ落ちていた。

外に出たい、という彼女の声がよみがえる。瀬木口は腰をかがめ、足下の木の実と種を拾い集めて背広のポケットに入れた。埜渡の罪深い小説は完成した。これからはプロモーションで忙しくなる。自分がこの部屋を訪れることは当分ないだろう。

森の一角に、薄く光が差している箇所を見つけた。怪訝に思って茂みをまたぎ、枝をくぐってそちらに向かう。十畳程度の部屋で、すぐに壁に行き当たるはずなのに、周囲が見えないとやけに奥行きがあるように感じる。

光源は寝室の窓だった。大半を蔓性《つるせい》植物の葉に覆われてなお、四方から細く光を漏らしている。足下の茂みをつま先立って避けながら、瀬木口は手探りでクレセント錠を回し、一息に窓を開け放った。

湿度の高い熱い風が草木に閉ざされた部屋を一巡りした。塩素臭い空気と耳が痛いほどの蝉時雨、鮮やかな真夏の青空が押し寄せる。明子のことを思い出した。今頃、子供らとどんな夏を過ごしているのだろう。いくら連絡をとろうとしても梨のつぶてで、一向に戻ってくる気配がない。

妻たちはどこに行ってしまったのだろう。

一斉に周囲の葉が揺れた。森が、笑っている。

2

埜渡徹也《のわたりてつや》の妻が家出したらしい、という話を聞いたのは、カルチャースクールが入ったビルの最上階にあるカフェだった。

手をとめた拍子に半分ほど溶けたスイカのアイスがスプーンからこぼれてテーブルに落ちる。みるみる溶けていくそれを見つめたまま、木成夕湖《きなりゆうこ》は背後の会話に耳をそばだてた。同じ小説講座に通う谷田部圭子《やたべけいこ》が、仲の良い大島《おおしま》かおりと他愛もない世間話で盛り上がっている。二人とも子育てが一段落した年齢の主婦で、美しい舞台で慎ましい男女が恋に落ちる、しっとりした恋愛ものを好んで書く。

「本当よ。同じ町内に住んでるんだけどね、これまで奥さんとはしょっちゅうスーパーやコンビニで顔を合わせてたのに、もう三ヶ月は見てない。おうちも二階の観葉植物が伸び放題で、ずいぶん荒れててひどいもんよ」

「へえ、そんな……意外だわー。埜渡先生、そんなトラブルを起こすタイプには見えないのに」

「ああいう草食動物みたいなタイプが実はけっこう問題を抱えてたりするのよ。ギャンブル狂いとか、若い女に手を出すとか」

テーブルに落ちたスイカアイスは、あっというまに赤い水たまりになった。氷菓だった頃と成分は同じでも、溶けた途端にだらしない汚れに見えてくる。紙ナプキンでそれをぬぐい、黙って残りのアイスを食べた。店員を呼び止め、ホットコーヒーをもう一杯注文する。淹れたてのコーヒーが冷えて痺れた舌に沁みた。


どうしてこうなったんだろう、と思うたび、木成は川の始まりを見に近くの山へ入った幼いある日のことを思い出す。

たしか町内会かなにかの子供向けイベントだった。帽子を被り、リュックを背負い、長袖長ズボンを着た十人ほどの子供たちと共に、山菜採りに慣れた酒屋の若旦那に先導されて沢沿いの山道を登った。

すっごくしょぼいよ、と他の子供から聞いていた通り、二時間かけて辿り着いた山奥の源流は、崖から突き出た岩の合わせ目からぽたぽたと水が垂れているだけで面白くもなんともなかった。順番に顔を近づけて数口飲んだけれど、普通の冷たい水だった。

ただ、そのあっけなさは強く印象に残った。

この岩から落ちた最初のしずくは、自分がいずれ川になることを知っていたのだろうか。

講座に申し込んだきっかけは、家のポストにカルチャースクールの無料体験チケットが入っていたことだった。

埜渡徹也という名前は図書館の棚で何度か見たことがあった。プロの小説家に文章を見てもらえるらしい。子供たちも小学校に入ってやっと落ち着いたことだし、遠くに住んでいる友人に感じのいい手紙でも書けたら素敵だ。そんな軽い気持ちで木成はファックス通信用の申し込み用紙に記入した。今思えば、文章講座と小説講座をごっちゃにしていた節がある。

教室に入ってきた埜渡徹也は、銀縁眼鏡をかけた穏やかな雰囲気の男性だった。保護者会で顔を合わせたら話しやすいなと思うタイプ。文化人のオーラとか偉い先生のオーラとか、そんなのはぜんぜん出ていない。

ただ、自分よりも年齢が上の男性で、髪が白髪交じりとはいえふさふさ、お腹が出ていない、地顔が不機嫌そうでない、という人に会うのは久しぶりで、ちょっと気分が良くなった。雲一つない真っ赤な夕暮れだとか、鏡のような水たまりだとか、そんな素敵なものを見た気分になる。埜渡の力の抜けた横顔に、芥子《からし》色のシャツがよく似合っていた。

初回の課題は壮年の男女が木の下で寄り添う資料写真を見つつ、四百字詰め原稿用紙一枚に収まる掌編を試しに書いてみること、だった。区切られた時間でなにかを書くなんて学生の頃以来で、書いては消し、書いては消し、「私は彼のことが大好きです」的な冒頭の数行以降はなにも書けず、木成は疲れ果て、ほぼ真っ白な原稿用紙を提出した。横目で周囲を見回すと、他の生徒も同じようなものだった。順番に埜渡がいる席へと呼び出され、向かい合って短い講評をもらう。消しゴムをかけ過ぎてしわの寄った原稿用紙に目を落とし、埜渡は嚙みしめるように木成の名前を呼んだ。

「木成夕湖さん。きれいな名前だねえ。小説に使いたいくらいだ」

「いいですよ、使ってください」

「え、本気にするよ？」

「どうぞどうぞ」

父母が新婚旅行で訪れたホテルの部屋から見えた湖の夕景が、とても美しかったらしい。そんな安易かつ身勝手な理由でつけられた自分の名前を、木成はあまり好きではなかった。

その夜、夕飯の後片付けをしながら少し眩暈《めまい》を感じた。原稿用紙の空白がまぶたに浮かぶ。短い時間にぎゅっと頭を使ったのは久しぶりで、まだ脳が熱を持っている。

習い事って疲れるけど、たまにはいいな、と思った。

受講開始から三ヶ月ほど経ったある日、お中元で大量に貰ったびわゼリーをいくつかお裾分けしたところ、「おいしいほうじ茶があるから一緒に食べよう」と埜渡の方から誘われた。

講義のあと他の生徒がはけるのを待って、教室で二人でゼリーを食べた。中年の男女二人、しかも先生と生徒でこんな風に一休みだなんて軽い背徳感があったけれど、埜渡にはまるで気にした様子がなかった。

考えてみれば、結婚前は知り合いの異性とお茶を飲んで世間話をするくらい、なんでもないことだった。子供が生まれ、なんだかんだと忙しく、顔を合わせるのが夫かママ友ばかりになっていたから少し過敏になっているのかもしれない。そう自分を納得させて、木成はびわゼリーをちびちびと口へ運んだ。

お茶を飲み、一息ついて、埜渡はずいぶんと真面目な顔で切り出した。

「本当はきれいな名前っていうより、ずいぶんさみしい名前だなってびっくりしたんだ」

「はあ」

人の名前をさみしいなんてよく言うな、と面食らう。きれいな名前、雰囲気のある名前、と言われることはあっても、そんな風に堂々とけなされたことはなかった。

「なんどか登場人物の名前に使おうとしたんだけど、夕暮れの湖のイメージが強すぎて上手くいかなかったよ」

「夕暮れの湖ってそんなにさみしいですか？」

「えー、さみしいよ。うすい橙色から青紫色まで、グラデーションで染まったたくさんの水がたっぷたっぷ揺れてるんだろ？　そんな風景を抱えて生きるなんて、一体どんな人生になるの」

しみじみと言われ、なんと返すべきか分からず、木成は小さな泡が沸き立つように笑った。小説家ってみんなこんな、人生がどうとか当たり前に言う人ばかりなんだろうか。頭がおかしい。

「どんなって、普通に、ちょっと退屈な感じで生きてきました」

「ふーん……もっと夕湖さんと話がしたいな。これから僕が夕湖って名前を使えるようになるためにさ」

頬杖をついた埜渡の目がこちらを覗き込む。

その目に悪戯を仕掛けるような光を見つけた途端、ぽたん、と温かいものがひとしずく、落ちて心を湿らせた。

小説講座は月に一回、土曜日の午後に催される。木成と埜渡はそれから講座の前後に落ち合い、蕎麦だのカレーだのちょっとした食事を共にしながら話をするようになった。

「講座の外では先生ってやめようよ」

初めて連れだって昼食をとった日、埜渡は蕎麦つゆに大量の大根おろしを入れながら言った。

「外もなにも、小説家の人ってだいたい先生ってつきませんか」

「そういうのは立派な小説家に付けておけばいいの」

「埜渡……さん、は、立派な小説家じゃないの？」

「ぜんぜん立派じゃない。もっと立派な、人に驚かれるような本を書かなきゃって思ってはいるんだけどね」

図書館に何冊も本が置かれている人がそんな控えめなことを考えているなんて、拍子抜けする気分だった。薬味の大根おろしを入れ終えた埜渡は、続けてわさびと葱もすべて投入し、さらに最初の一口目に蕎麦ではなく、追加注文したエビ天を選んでどぷっとつゆに浸した。蕎麦そのものの味にはそれほど頓着しないたちなのだろう。エビ天の尻尾まで食べて、油の浮いたつゆに蕎麦を入れる。

小説家といえば繊細な美食家のイメージが強かったけど、そうでもないらしい。庶民っぽさに親近感をおぼえつつ、木成は自分のわかめ蕎麦をすすった。自分の夫は、蕎麦の初めの一口はつゆに浸さず、蕎麦だけをそのまますするくらい食に関するこだわりの強い人だ。わさびだってつゆに溶かさず、蕎麦の上にのせる。

そうだ、夫以外の男性と二人きりで食事をするなんて、一体いつ以来だろう。でもこれはあくまで、お世話になっている先生との親睦会みたいなものだ。いち主婦として、いち受講者として、小説家から取材を受けているだけ。

本当にそうだろうか?

次第に混乱して、木成は「小説のネタになりそうなことを言わなければいけない」とずいぶん張り切って、学生時代や勤め人時代に身の回りで起こった変なことをしゃべりまくった。こんな人がいただとか、こんな怪談話があったとか。埜渡は相づちは打つものの、あんまり聞いていないように見えた。

面白くないのかな、と不安になって顔を覗くと、彼は上機嫌でこちらの顔を眺めていた。

「……なんでちょっと、楽しそうなの」

もてあそばれている気配に、非難を込めて言う。埜渡は笑みを深めた。

「やー、なんか困ってるなあ、気を遣ってるなあって、かわいくて」

「いったいなにを言ってるんですか……」

「でもさ、どうしてそんなに困るの？　ごはんを食べて、気楽に話をして、たったそれだけのことじゃない」

それだけ、だとしても自分にはこういう部分があるのだ。一緒にいる人が自分といて楽しいか、違和感を持っていないか、つい気になって機嫌を取るようなまねをしてしまう。

そう、木成が口ごもりつつ説明すると、埜渡は目を丸くした。

「どうして？」

正面から聞かれて、再び言葉に詰まった。どうして？　どうして私が、人の機嫌を取るようなまねをしてしまうかってこと？

カフェのテーブルに頬杖をつき、埜渡はこちらを見ている。五秒が経ち、十秒が経ち、答えを探すのを諦めて、木成は弱く口を動かした。

「なんで、そんなに見るの？」

「湖を覗き込んでるんだ」

「え？」

「大きくて、深くて、きれいな色の水がたっぷたっぷ揺れる湖。自分では気がついてないみたいだけど、夕湖さんはとてもかわいい素敵な人だよ」

目尻に素敵なしわを刻んで、埜渡が笑う。

しずくがまた落ちてくる。ぽたん、ぽたん、止まらない。

夕立の訪れに似た温かいしずくは次第にその密度を増し、気がつけば抗いがたい豪雨となって、木成の全身をくまなく濡らした。

したたり落ち、溜まってあふれ、うねりながら一つの流れを作る。

秋が深まる頃、二人はホテルの部屋にいた。

その頃には講座がない日でも、予定が合えば会うようになっていた。声をかけるのはいつも埜渡からだった。食事を重ね、仲良くなって、木成が埜渡の裸を想像し始めた絶妙のタイミングで「行こうよ」と誘われた。

「ラブホテル、はじめて」

木成が部屋を見回して呟くと、埜渡はふへえ、と変な声を出した。

「夕湖さん、ずいぶんお行儀がいい人生だったんだね」

「そう?」

どうだろうか。まあ確かに、大学を卒業して初めて勤めた会社で、上司として出会った夫と結婚し、妊娠を機に退職した。恋愛の回数はそれほど多くないし、夫が初めての相手だった。お行儀がいいと言えばいいのかもしれない。

でも、本当にお行儀のいい女が不倫なんてするだろうか。

そうだ、このとき木成は確かにこれが不倫だと分かっていた。恥知らずで不潔でべたべたした、許されない行為。

どんな薄暗く妖しい場所だろうと思っていたのに、平日のお昼のラブホテルはまるで子供の頃に訪ねた遊園地みたいに明るく、光に満ちていた。ボタン一つでAVが流れ出すテレビ、やけに底の浅いジャグジーバス、鍵のかからないトイレなど、見たことのない馬鹿馬鹿しくていやらしい設備の一つ一つに笑い転げた。恋が始まったばかりの相手とのキスも、ハグも、セックスも、指先まで痺れるほど刺激的だった。

二人して、ばかな遊びをたくさんした。

例えば悪い人買いから逃げてきた異国の女と、それを拾った貧乏医学生ごっこ。まず木成がレンタルの浴衣を素肌の上に羽織り、一度ホテルの廊下に出て、部屋の扉を叩きながら「タスケテ、タスケテ」と嘘くさい日本語で呼びかける。「こんな夜更けにどなたですか」と真面目くさった顔で扉を開ける埜渡の胸に飛び込んで泣き伏す。それから三十分間、木成は名前も、容姿も、年齢も、妻であることも母であることも忘れ、埜渡が扮する医学生から教えられる恥ずかしい日本語を、喘ぎ声の合間に復唱しているだけで存在が許されるのを感じた。本当にばかで、くだらなくて、涙が出るほど楽しかった。

埜渡が提案するセックスのシチュエーションには、癖のある女が多く登場した。歩けない女、しゃべれない女、遠くへ連れ去られた女、不感症な女、好色な女。木成は自分とは異なる可憐でみだらな女たちを演じることを楽しみ、だけどいつも少しだけ不思議だった。

「普通の女じゃだめなの？　主婦とか、勤め人とか」

「うーん、他人の妻っていうのは古来からロマンの対象だけどね」

口ぶりだけでも、彼がそれほど「他人の妻」には惹かれていないことが伝わってくる。

「ほら、よく言うだろう。男を落としたかったら隙を作れってさ。あれは要するに、人間は他人の弱さに惚れるってことなんだよ。この人はここが弱い、だから守ってあげなくちゃってね。そういう意味では癖が強く、弱みが際立った女性の方が、かわいがられやすいってこと」

自分は男の人の弱さに惹かれたことなんてない。好きになるのはいつも話しやすさだとかしっかりしてるだとか、良い点ばかりだった。

ただ、思い当たることはあった。

木成の大学受験の志望校は、父親の一声で決まった。

「国立に行くような成績じゃないんだから、中途半端なところに行かせるより女子大の方が世間ずれしなくていいだろう」

母親も「そうね、ちゃんとしたところの方が安心よ」と賛成し、木成自身もさほど悩まずに実家から通える距離にあったいくつかの大学のうち、比較的手の届きやすいミッション系の私立女子大を第一志望にした。

翌春、無事に合格し大学生活を始めた木成は、インカレの英会話サークルだったり、バイト先の学習塾だったりで知り合った相手に大学名を伝えるたび、「お嬢様だね」と判を押したような反応をされることに戸惑った。「ミッション系」と「女子大」という二つの要素がそろうだけでそんな印象になるらしい。自分自身も実家の暮らしも、高校時代となにも変わらないのに、変な気分だった。

飲み会では、特にそのお嬢様扱いが顕著だった。

「厳しい家なの？」

「彼氏いたことないんでしょう」

「え、選挙とか行くんだ！　意外」

周囲の男の子が言うお嬢様とは、大人しくて、男性に慣れていなくて、料理を取り分けたり注文をとったりといった気づかいは得意だけど下ネタは苦手で、政治や経済の話題はもっと苦手で、いつもちょっと照れくさそうに微笑んでいる女の子のことだった。

「お嬢様」は、慣れてしまえば簡単だった。そしてびっくりするほど男の子に好かれた。四年の間に、木成は十人以上から好意を伝えられ、そのうちの二人と短いながらも恋仲になった。映画や買い物に出かけたり、慣れないお酒ではしゃいだりするのは楽しかった。ただ、単純に二人きりになったとき、彼らとなにを話せばいいのか分からなかった。気詰まりな沈黙が続き、どちらとも三ヶ月と保たずに別れてしまった。それでも、だいたいの男の子は木成に優しかった。

父親が言った「世間ずれしていない」ことと、男の子たちが言う「お嬢様」は、思えば同じ意味だったのだろう。世間を知らない、男を知らない、物事を知らない、分かりやすく弱みが際立った女は、愛される。愛される女になっておきなさい。父親はとてもシンプルに、自分が考える、女にとって最も得な生き方を娘に勧めていたのだ。

卒業して会社に入り、オフィスで一番男ぶりの良かった現在の夫と婚約した際、夫の母親は木成を「素朴な感じの、素敵なお嬢さんね」と持ち上げた。木成の母は「いえいえ、もの知らずで、大人しいことだけが取り柄で」と恐縮して見せながらも、どこか誇らしげだった。

「世間ずれしていない、お嬢様でもの知らず」な木成は、義理の両親にも歓迎された。二人が暮らすマンションの頭金は、夫の実家から徒歩圏内の物件を選ぶ代わりに、夫の父親が一括で出してくれた。家族になれば、日常の話題は山ほどある。子供のこと、生活のこと、実家のこと、行事のこと。夫との会話に困ることもないし、用がなければ黙っていたっていい。無言が気詰まりなのは恋人だけだ。

私は、なんの不自由もない生活を送っている。

「なにを考えてるの?」

埜渡がこつりと額《ひたい》を重ねてきた。

素直に住んでいるマンションのことを考えていたと伝え、続けて、義母が週に三度はタッパーに入れて持ってきてくれる健康に配慮したお総菜のことや、子供たちの塾の送り迎えを手伝ってもらっていること、自分たちがとても仲の良い幸せな家族であることを付け足した。

「とても仲の良い幸せな家族」

楽しそうに、埜渡は復唱する。

「それ、本当に夕湖さんが言い出したこと?」

「どういうこと?」

「俺、見てたよ。カルチャースクールのビルの上の方にあるカフェでさ、夕湖さん他の受講者に『一人の人間の内側のことを書くのが純文学、その人間がいかに外と関わっていくかを書くのがエンタメ』って俺が二人の時に言ったことそのまましゃべってたでしょう。しかもそのあと、あなたは純文向き、あなたはエンタメ向き、なんて占い師みたいなことまでしてさあ」

「あ」

顔が火照《ほて》るのを感じた。悪い癖で、すぐに周囲のしっかりとした人の意見を、自分の意見みたいに話してしまう。悪気はないのだ。ただ、こういうことが言えたらかっこいいだろうなと、口がすべるだけで。

「ごめんなさい……」

「謝ることないさ。むしろなんて無邪気な人だろうって心が洗われる気分だったよ」

埜渡は猫が懐くように頬をこすり合わせてくる。

「夕湖さんをモデルに、小説を書きたいな」

「え、嬉しい。――名前を使うってこと?」

「ううん、名前を使ったらモデルにした人がばれちゃうから。こんなにかわいい夕湖さんを他の人に知られたくないよ。そうじゃなくて性格とか……そうだな、名前は、木綿の子供と書いて『木綿子《ゆうこ》』にしよう。素朴で可憐な感じが、あなたにあってる」

木成は新しい名前を舌で転がした。木綿子。生地を洗う水の匂いが鼻先をかすめる。清潔さの奥から、貞淑だとか初心《うぶ》だとか、そんな強《したた》かな官能が立ち上ってくるような名前だ。

「ねえ、ユウコって呼んで。湖じゃなくて、木綿の方で」

「木綿子」

「ふふ」

喜びが湧き上がり、木成は埜渡の裸の背中に抱きつくと「しようよ」と囁きかけた。自分でも聞いたことのない、しなやかで熱い声が出た。

「ママ、おこってるの？」

と小学二年生の息子が聞いた。我に返り、喉に力を込め、柔らかいママの声を出す。

「んんー、そんなことないよお。そりゃ、こちょこちょこちょ！」

「あはははは！　やめてえー」

モンシロチョウのように両手を羽ばたかせて次男は逃げていく。そして、リビングのカーペットに寝っ転がってポータブルゲームで遊んでいた長男のそばに寝そべり、一緒に画面を眺め始めた。

危なかった、と木成は思わず溜め息をついた。無心で里芋を剝いている最中だったこともあって油断していた。日曜日は友達のうちに遊びに行く、という次男の呼びかけに「好きにしなよ」と、妙に冷淡な応じ方をしてしまった。いつもなら誰のおうちに、何時から何時まで、他にはどの友達と一緒に訪ねるのか、細かく細かく確認するのに。

「木綿子」が体に残っていた。仕方がない。ほんの二時間前まで、私は木綿子だったんだから。

思い出すだけで、とろけた下半身が崩れ落ちそうだ。

しゃべり方や動作を気だるげに、いかにもどうでもよさそうに、だけどいざ肌を合わせるときには水遊び中の子供みたいにはしゃいで、終わった後には優しく男性の頭を裸の胸に抱きしめる。

木成がそんな分裂症気味の木綿子を演じることを、埜渡はとても喜んだ。舐めるように全身を愛撫され、感極まったように抱きしめられ、セックスはどんどん長くなった。彼は、子供っぽくなった。彼の小説によく出てくる、奥手なわりに傲慢で傷つきやすい主人公に似てきた。

ただ、埜渡が木綿子に夢中になって、木成はやっと安心して彼のそばにいられるようになった。一番適切なふるまいが分かった気分だ。この人は私と居て喜んでいる、と確信できる相手にしか、木成は心を許せない。理由は分からない、子供の頃からそうだ。

「俺達はそれぞれの本質で交わってるんだよ。なんて幸せなことだろう」

そんなむずかしいことを埜渡は言う。

ピンポーン、とふいにチャイムが鳴り響いた。

一瞬、呼吸が苦しくなった。ああこんな忙しい時間帯に事前の連絡もなく。夕飯、もう一人分増やさなきゃ。いい加減子供たちに早く寝る習慣をつけさせたいのに、また夜更かしさせちゃう。というか今日も変なお菓子を持ってきたわけじゃないよね？　夕飯の前だよ？　目を閉じて、そんな風に湧き上がるあれこれを、台所ばさみでバチンと断ち切るイメージをする。

子供たちといつも遊んでくれる優しいお義母さん、悪気はないのだから笑顔でお礼を言って当たり前、と魔法の言葉を三度胸で唱える。するとあっというまに「料理も掃除もまともに出来なかった不器用な嫁を温かく迎え入れてくれた優しいお義母さん」へ向かう、澄んだ心が出来上がる。実際、自分は嫁いだばかりの頃、なにも知らなかったのだ。昆布で出汁《だし》を取る手順も、ほうきの正しい使い方も。人間性はそういうところに表れるから、と義母が丁寧に教えてくれた。

玄関の扉を開けると予想通り、徒歩五分の距離に住む義母が大きな布巾を被せたトレイを手に上機嫌で立っていた。

「こんばんは夕湖さん。ねえねえ見てちょうだい、小豆《あずき》プリンと南瓜《かぼちゃ》プリンがとっても上手に出来たの！　三時の料理番組でやってたのよ。これなら体に良いし、トモくんとシュウちゃんにぴったりでしょう?」

「あ、ありがとうございます。じゃあ、お夕飯のあとに……」

「ああこれ、温かいまま食べるプリンなのよ。出来たての方がおいしいから。トモくーん!　シュウちゃーん!　プリンよー」

お義母さんは、いい人だ。

歓声を上げた子供たちに囲まれ、義母は嬉しそうに笑っている。そうだ、週に三度は来ているとはいえ、孫とはやはり、特別にかわいいものなのだろう。ならお義母さんが来ているときぐらい、家のルールにも融通を利かせるべきだ。それが出来る嫁であり、優しい母親に違いない。木成はだんだん、自分がなにに苛立っていたのか分からなくなる。だって義母も子供たちも、とても嬉しそうだ。

義母の手作りプリンは単調な味がした。けれど砂糖の摂り過ぎが気になって一日のお菓子の量を抑えられている子供たちは、大喜びで二つずつ平らげた。

木成が食卓に並べた豚の生姜焼きと小松菜のナムルは、ほとんど手つかずのまま食卓に残された。念のため義母の分も用意したが、義父の晩酌の世話があるからと帰られてしまった。子供たちを風呂に急《せ》かし、いつもより一時間遅れで寝かしつける。

ようやく人心地ついて、木成はテレビをつけ、誰も食べなかった料理を口に運んだ。

食卓について十分もしないうちに玄関の扉が開き、夫が帰宅した。

「おかえりなさい」

「うん」

席を立ち、夫の分の料理と漬けもの、ビールを用意する。疲れ顔の夫は食卓の椅子に腰かけ、ネクタイを緩めながらテレビに目をやった。

ニュースがついていた。

しまった、明日の天気を確認しようと無意識にチャンネルを合わせていた。タイミング悪く政治の話題が始まり、彼の眉間にみるみるしわが寄る。

「まったく、最近のテレビは馬鹿しか出てこないな。いいか、澄まし顔でどうこう言ってるけど、こいつはヤクザの家系だし、こいつは日本人ですらない。どいつもこいつもまっとうに働いている人間から金をむしり取ろうとする奴ばかりだ。おい、聞いてるか?　ちょっと座りなさい」

「……はい、もちろん」

ビールを片手に、私は難しいことわからないけどあなたが言ってるならきっとそうなのね、といった体《てい》で、木成は絶え間ない罵倒に相づちを打ち続けた。

夫は疲れているのだ。激務で積もった鬱憤《うっぷん》を、テレビの向こうの人々に爆発させることでバランスをとっているのだろう。嫌いな政治家や芸能人、スポーツ選手の個人情報をインターネットで集め、テレビを観ながら罵《ののし》ることは彼の毎日の娯楽だ。きちんと毎月お金を入れ、酒も控えめでギャンブルもしない。休日は息子たちを遊びに連れて行ってくれる。

悪い人ではないのだ。時々もっと別の話題があったら、と思うだけで。夫は正義の人なのかもしれない。日本人の多くが気づいていない重大なことを看破している賢い人なのかもしれない。ただ、疲れ切った一日の終わりに、大して関心のない他人の悪口を聞くのは苦痛であることを、彼が理解する日は永遠に来ないだろう。

怒りながらテレビを観続ける夫を残し、さりげなくその場から抜け出して先に休むことにする。寝室として使っている和室に入り、二人分の布団を敷く。子供たちは下の子の小学校入学をきっかけに、子供部屋の二段ベッドで眠るようになった。

暗い天井を見上げ、息を吐く。眠ろうと思い、自動的に木綿子のことを考えた。埜渡との甘くいやらしい記憶はなによりも脳の緊張をほどいて眠りにいざなってくれる。木綿子は楽でいい。子供たち、義母、夫、周囲の誰と相対している時よりも、木綿子でいる時の方が簡単で……微睡《まどろ》みながらそこまで思って、ようやく気づいた。

木綿子を分裂気味の非現実的な女だと思っていたけど、本物の私の方がよっぽど広く、深く、分裂している。

でも、大人ってそういうものじゃないか。周囲を見回し、適切な態度を取る。周りのことを考え、いやな気持ちにさせない。なにも変なことじゃない。

——ばかにしてんの？

指でなすりつけられたアクリル絵の具のように、ビビッドでかんに障る子供の声が耳によみがえった。そう言って、さもいやそうに突き飛ばしてきた子がいた。誰だっただろう、手が汚くていつも睨みつけてきた、そうだ。

朋子《ともこ》ちゃんだ。

朋子ちゃんと並んで、山道を歩いたことがあった。

川の始まりを見に行くのだ。

先頭は山に慣れた酒屋の若旦那、そして最後尾にもう一人、見守り役の大人がついていたけれど、子供たちは念のため二人一組でペアを作り、お互いがはぐれないよう気を配ることになっていた。

小学一年生だった弟は山岳部所属の中学生と、三年生だった木成は、いとこの朋子とペアになった。三つか四つ年上の彼女は大柄で気性がさっぱりしていて、転校したばかりの自分たちの面倒を見るよう、両家の親から言い聞かせられていた。

「源流だなんて大げさに言うけど、すっごくしょぼいよ」

そうだ、それを教えてくれたのも朋子だった。生まれたときからこの山沿いの土地に住んでいる彼女は、川の源流にも何度か行ったことがあるらしい。めんどくさそうに、足を引きずる感じで歩いていた。時々、近くの藪や枝から小さな実をもいで慣れた様子で口に入れる。朋子の指は土だったり植物の汁だったりで、いつも茶色く汚れていた。

「ん」

手に、真っ黒い葡萄《ぶどう》みたいな実を三粒のせて差し出される。どうすれば良いかわからずにまごついていると、彼女はイライラした様子で目を細めた。

不機嫌を隠さない子だった。口を開けばすぐに自分の生まれた町について、しょぼくてダサくて救いようのない田舎町と悪態をつき、それから決まってこちらの顔を見た。父親の転勤で都会からきたばかりの自分たちがどんな反応を見せるか、試している感じがした。

「二年であちらに帰るんだから、あんまり変な癖を付けちゃダメよ。あと地元の子は慣れてるだろうけど、あんたたちはお腹を壊すから野生のものを食べるのはやめておきなさい」

町育ちでおしゃれが大好きな母親は、山と田んぼしかない田舎町を嫌がっていた。変な癖とはすなわち、捕まえたバッタに服の裾を噛ませて胴体を引っ張り、服に残った生首を集めて数を競うだとか、友達が飼っているカマキリの水槽に羽を傷つけたトンボや蝶々を放り込むだとか、当時子供らに流行《はや》っていたちょっと残酷な遊びを指すのだろう。

「だめだよ、だめ」

バッタの首をちぎりたがる弟をたしなめて「変な癖」から守りつつ、地元の子たちとうまく距離を置くこと。それが木成に期待された姉としての役割だった。

　だからその時も、差し出された実を前に、いかにこの場をごまかそうか一生懸命考えていた。

　目線を迷わせた三秒後。

「ばかにしてんの？」

　黒い実をのせた朋子の手が、思い切り胸を突き飛ばした。あ、と思う間もなく、木成は藪に覆われた斜面を転がり落ちた。

「おねえちゃん！」

　弟の水っぽい悲鳴が上がる。

　それからなにが起こったのか、記憶は曖昧だ。子供達の列が回転しながら遠ざかる。手にも顔にもべったりと泥汚れがつき、笹みたいな植物であちこちに生傷を作った。弟が泣いていた。助けに来てくれた酒屋の若旦那におぶってもらった。

　結局川の源流は見たのだから、それほど大きな怪我は負わなかったのだろう。

　中学生になった朋子は、出会い系サイトで会った見知らぬ大人と付き合ってるとか付き合っていないとか、そんな噂で町を賑わせた。なんでも父親が分からない子供を堕ろしたらしい。

木成ははじめ、噂のどこの部分が悪いことなのか、よく分からなかった。親に内緒で知らない人に会っていたこと？　子供なのに大人と付き合ったこと？　赤ちゃんを中絶したこと？　どれが一番ダメなのか分からないけれど、相手の男の人は朋子ちゃんよりもずっと大人なんだから、悪いのはその人じゃないの？

だけど周囲の大人達が朋子について語るときに見せるしかめっ面と、唇の端の微笑を繰り返し目にして、日々更新される噂話を聞くうちに、こう思うようになった。朋子ちゃんは子供のくせにマセたイヤらしい心を持っていて、親に嘘をついてまで知らない人と会っていたから、悪いんだ、汚いんだ、もうお嫁に行けないんだ。それからまもなく彼女の一家は引っ越していった。

朋子を思い出すたび、木成の胸には苦いものが広がった。乱暴で意地悪で教養のない、典型的な田舎のいじめっ子。ひどい目に遭ったし、ひどい目に遭っていい気味だとしみじみ思う。

ただ、私はどうしてあんなに嫌われなければならなかったのだろう。

「それであなたは、木の実を食べたかったの？　それとも本当にいやだったの？」

記憶を尋ねる埜渡の声はいつだって優しい。どんな失敗も見苦しさも、穏やかな相づちと共に受け止めてくれる。

「……わかんない」

「朋子ちゃんが怒ったのは、そういうところじゃないかなあ」

制止した甲斐もなく、裾にいくつもバッタの首が食いついた弟のシャツが洗濯槽で見つかり、母親が悲鳴を上げたのは引っ越しから二ヶ月も経たない頃だった。嵐のように叱られて、それでも弟は虫遊びをやめなかった。てのひらいっぱい集めたアゲハの幼虫を家の中に放したり、机の引き出しでカマキリを孵化させたり、様々な事件を起こして両親と揉めた挙げ句、とうとう自分の部屋に水槽を持ち込んで好きなだけ虫を飼育することを許された。

弟は、奔放だった。自分がやりたいことのために周囲と衝突することを恐れなかった。受験の際は父親の意向など気にも留めず、周囲に黙って沖縄の大学を受け、合格したらそのまま家を飛び出してしまった。卒業後はあちらに留まり、環境問題を扱う研究所の職員になった。長らく両親とは確執があったが、結婚して子供が生まれたのをきっかけに、今では普通の親戚づきあいをしている。

「口ではあいつには手を焼いたなんて言うけど、本当はお父さんもお母さんも、私より弟の方がずっと好きなの。朋子ちゃんも、弟のことはいじめなかった。嫌われたのは、私だけ」

たくさんの期待に応えた。努力して、気をつかった。両親も、夫の実家も、夫も、要望を汲めば汲むほど優しくしてくれた。

それなのに、この世の誰一人として、私を見ていないと感じるのは何故だ。

傍《かたわ》らからさざ波のような笑い声が湧いて、ホテルの空気を揺らした。

「人は、自分を脅かさないものを軽んじるものさ。でもね。誰にも主張できない、主張するような自分を持たない、空っぽで清らかなあなたのことが、俺はとっても愛おしいよ」

本当の自分を許してくれるのはこの人しかいない、と泣きたい気分で木成は思う。空っぽ。そうだ、水の溜まった空洞が私の本質だ。そんな奇形を、この人だけは愛してくれる。かわいがってくれる。

もはや心を濡らすのは雨どころではなく、水量の豊かな川が木成の全身をつかみ、どうどうと揺さぶっていた。

埜渡は、川の真ん中にたたずむ木成を見ながら軽やかに微笑んでいた。気づいていたはずなのに。いつだって触れられる距離にあった埜渡の体が、ひとしずくたりとも濡れていないことに。

「木綿子」の物語は文芸誌の新春短編特集に掲載され、さらに三ヶ月後、その作品を収録した短編集が発売された。控えめな花のイラストが品良く配置された、装幀の美しい本だった。割と評判が良く、重版もかかったらしい。

作品が雑誌に掲載された直後から埜渡の誘いは数を減らし、短編集が発売された頃にはぱたりと絶えた。

奥さんが病気になって、看病で忙しい。そんな噂をまず聞いた。

提出し忘れた課題があって、と言い訳を紡ぐ必要もなく、谷田部は埜渡の家の場所を教えてくれた。

発売されたばかりの単行本と菓子折を手に、秋風の吹き抜ける町を歩く。好きな人からの誘いを待つ苦しい真夏の午後には、網膜に痛みを感じるほど青かったのに、いつしか空の色はずいぶん薄くなった。ペールブルー。柔らかな水色。息子たちが赤ん坊の頃によく着せた、タオル生地のロンパースの色だ。

電車に揺られ、降りたことのない駅を目指す。

妻は家出したという話だけど、もし鉢合わせしたらどうしよう。先生の講座の生徒です、課題の提出に来ました。奥様のお加減が悪いとうかがったので、これ、お見舞いです。電車の手すりに頭をもたれさせたまま、木成はそんな馬鹿馬鹿しいシミュレーションを繰り返した。

講座で顔を合わせることはあっても、もう半年近く埜渡と関係を持っていない。呼びかけても、妻が大変で、締め切りに追われていて、とやんわり断られる。それでも希望を捨てられなかった。妻の容態が落ち着いて、難航している仕事が終わったら、また自分たちは本質で交わり合う二人に戻れるのではないか。妻が出ていったのなら、なおさら。そんな細くねじくれた期待を殺せなかった。

新刊を読み終わる頃、電車が目的の駅に着いた。本を閉じ、改札を通って、見知らぬ町へ歩き出す。

その家は住宅地の風景に容易《たやす》く馴染んで見失いそうな、ありふれた二階建て住宅だった。新築だろうか。壁がまだきれいだ。埜渡、と御影石に彫り込まれた表札の文字を指でなぞり、胸がいっぱいになる。

しかし二階の窓を見上げ、甘やかな気分は霧散した。

窓をぎっしりと埋め尽くす緑の葉。あれは、なんだろう。

奇妙なのはそればかりではなかった。住宅街のまっただ中だというのに、埜渡家の隣の敷地には鬱蒼とした雑木林が生い茂っていた。木々の密度が高く、内部が見通せない。

木成は背筋を震わせた。埜渡家ではなにかが起こっている。恐らく自分が抱える奇形より、もっとずっと奇妙なことが。

あんなにシミュレーションしたのに、呼び鈴が押せない。なんだろう、不倫女の罪悪感？　いや、そんな分かりやすいものではない。怖い、そうだ、恐怖に近く、けれどなぜか胸を高鳴らせる、これは。

二度、三度と試みて、震える指を握り込み、木成は家の向かいのガードレールに腰を預けた。静まり返った埜渡家を見上げる。内側でなにが起こっているかは分からないが、ただ一つ、はっきりとした予感があった。埜渡の妻はあの、展翅《てんし》板《ばん》の蝶を慈しむように女の奇形を愛でる夫に反逆したのだ。

そして、自分はどうしよう。こんな奇怪な事態が進行している限り、埜渡は妻に夢中だ。

ふと、雑木林から黒い実を鈴生りにした植物の一枝が伸びているのに気づいた。近づいて一粒を指先でもぎ取る。黒真珠に似た、光沢のある丸い実だ。ブルーベリーにも似ているけど、色はこちらの方がはるかに濃い。

あの日、土まみれの手のひらで輝いていた実と、同じ。

——それであなたは、木の実を食べたかったの？　それとも本当にいやだったの？

優しげな、埜渡の声が耳によみがえる。

考えるより先に、木成はそれを口に放り込んだ。厚い皮を奥歯でぷちりと噛みしめる。顎が砕けそうな甘みとほのかな酸味、そして細かな種のざらつきが舌の付け根に広がった。

息を止めて、そのすべてを飲み込む。

時々雑木林を訪れる名前も知らない小鳥たちと一緒に、口の中が痺れるまで、指先が黒くなるまで、木成はもくもくと実を食べ続けた。

3

その部屋に入った瞬間、強く、心臓が鳴った。

緑、どこを見回しても緑。部屋中が繁茂した草と樹木で埋め尽くされている。丸いもの、細長いもの、形も色合いも様々な葉が視界のあちこちで雲のごとく集積し、背後に奥行きのある闇を溜めている。手入れのされていない町外れの雑木林みたいだ。

ストッキングに包まれた膝頭を背の高い草が撫でる。部屋にはかすかな風を感じた。そして、周囲を見るのに困らないくらいの光も。

速まる鼓動がうるさくてなにも聞こえない。痺れた肉体が、脳に判断を求めていた。これは、なんだろう。どう思えばいいのだろう？　拒むべきか、受け入れるべきか。

瀬木口《せきぐち》、と縋るものを探していた思考が前任者の名に辿り着き、白崎果音《しろさきかのん》はまばたきをした。そうだ、瀬木口さんはなんて言っていた？

「埜渡《のわたり》先生の奥様は訳あって家を出ている。打ち合わせは一階だし、見る機会もないだろうけど、二階の植物は気にしなくていいからな」

気にしなくていい。

先月ノンフィクションの部署に異動した先輩は、そう引き継ぎをした。

気にしなくていい、そうだ。一般文芸のキャリアが長い先輩社員がそう言っていたのだ。しかも瀬木口は、半年前に発売された新刊『緑園《りょくえん》』で埜渡徹也に純愛をテーマにした地方文学賞を獲らせた。これまで幾度となく候補に選ばれても受賞に至らなかった埜渡にとって、初めての快挙だ。雑誌掲載時はあいにく芥川賞には届かなかったが、少なくとも瀬木口昌志《まさし》という編集者が埜渡徹也に対してとってきたスタンスは正しい、ということなのだろう。

なら、私はこれを拒むべきではない。深く息を吸って、白崎は薄暗い森に足を踏み入れた。入り口から壁伝いに右手へ三メートル。言いつけを反芻して、スリッパ越しに草を踏み、奔放に伸びた枝をくぐって進む。

そうだ、考えてみれば作家なんて変わり者の集まりだ。一年中黒い着物で打ち合わせに現れる人、家の中でロバを飼っている人、深夜二時に編集者を呼びつけて罵詈雑言を浴びせかける人。奇妙な噂話は数知れず、むしろその奇妙さが才能の証であると見なされる節もあった。それを思えば家の一部屋を森にするぐらい、埜渡が作家に相応しく変わっている、というだけの話ではないか。

そんなことを考えていると、木陰から柔らかそうな苔に覆われた大型の本棚が冗談のように顔を出した。

夢の中にいる気分だ。それも、ほんの少しの刺激で悪夢に転じる、危うい夢。中腰になり、大判本が差し込まれた最下段を覗く。『ターナー画集』『江戸東京古地図』『昭和の東京百景』……あった、これだ。指を背表紙のてっぺんに乗せ、軽く力を込めて『昭和の東京百景』と、その隣の『歴史を動かした三百七通の手紙』を引っ張り出す。どちらも厚さが十センチ近くあってかなり重い。小脇に抱え、来た道を戻り、奇妙な森の部屋を出た。

扉を閉めた途端、目に映るのはただの住宅の廊下になって眩暈《めまい》がした。階段を降りると、埜渡は先ほど自分が中座した時とまったく同じ、前屈みの姿勢でリビングのソファに座り、手元に開いた真っ白なノートを睨みつけていた。

「先生、見つかりました」

「お、ありがとう」

「昭和初期っていい案のように思います。六十代以上の著者は書かれる方も多いのですが、先生の世代はあまり着手しておらず、だからこそ書ける新しい昭和観が生まれるような――」

「うん、悪いけど、少し集中するから待っててね」

穏やかな口調だが、埜渡は黙れと言っていた。

こめかみに痺れを感じ、白崎は写真集をめくる彼の前で置物のように口を閉ざす。新人なのに差し出がましいことを言ってしまった。そもそも作家が考え始めたら、次にその人が口を開くまで何か言ってはいけないと瀬木口に注意されていたのに。

ページをめくる音。ううん、という埜渡の唸り声。

ノートには一文字も書かれない。

ベージュのフレアスカートの端から、自分の膝が覗いている。


わかりやすい恰好《かっこう》をしていった方がいいよ、と教えてくれたのは、前の部署で可愛がってくれた上司だった。二十歳近く年上の彼女は一般文芸、宣伝部、ファッション誌と様々な部署を渡り歩き、そのどれもで成果を上げ、先日の異動でとうとう出版部長に就任した。社内でも珍しい女性管理職だ。

「だいたいの男の人、特に年配の人は、仕事相手の若い女っていう存在自体がよくわからないんだよ。モード系のパンツルックでがんがん意見を出していくと、まず萎縮して引いちゃう。心のシャッターがバッシーンって閉まる。それよりスカートとかニットとかおじさんが好きそうな柔らかい服装でにこにこ聞き役に徹して、十しゃべらせてからそっと二ぐらい意見を返す、ぐらいのさじ加減でやると上手くいくよ」

つまり彼女はそんな風にして、複雑怪奇な社内政治を乗り切ったのだろう。それほど美人というわけではないが言葉や表情が常に柔らかく、激務であっても周囲への気配りを欠かさない元上司は、頼れるお母さん的なニュアンスで世代の異なる男性陣に広く受け入れられている。

「私もデビューから少し経った頃に二年くらい担当した時期があるけどさ、埜渡さんは男より女の編集者の方が相性が良いって公言してるし、やりやすいと思うよ」

それは確かに間違ってはいなかったと思う。初めてホテルのラウンジで顔を合わせた際、編集長の棚橋《たなはし》、異動の報告をする瀬木口に続いてこちらに目を移した埜渡は、穏やかで構えたところのない顔をしていた。

「白崎と申します。学生の頃から埜渡先生の作品のファンでした。こうしてお仕事をご一緒する機会を頂けることになり、光栄です」

「へえ、白崎さん。前はどちらの部署にいたの？」

「ファッション誌に。その前は宣伝広告部に在籍していました」

「ふうん、だからかな、お洒落さんだね。華やかでいいよ」

彼は微笑んでいたし、少なくとも、拒まれているという印象は受けなかった。なら、もう打ち合わせが始まって二時間近く経過しているのに、意見の一つも言わせてもらえないのはどうしてだろう。

顔合わせの際、小説のファンだったと安易に口にしてしまったことがいけなかったのだろうか。プロとして失格、はしゃいでるって見なされた？

「白崎さん、コーヒーいれてくれるかな。キッチンに一式あるから」

耳に届いた言葉が、脳へと伝わるのに数秒かかった。

自分はきっと、間抜けな顔をしていただろう。資料に目を落としていた埜渡は、返事がないのを訝ってか、ちらりと二重の目を上げた。

「コー……あ、はいすぐに！　すみません」

弾かれたように腰を上げ、白崎は慌ててキッチンへ向かった。全体的なシルエットが丸い、青灰色のおしゃれな薬缶に水を入れてコンロに乗せる。

火を点け、沸騰を待ちながら思わずため息が漏れた。まだ一般文芸の編集者の動き方が分からない。こんな秘書的な、距離の近い役割も仕事のうちなのだろうか。瀬木口も、教えてくれれば良いのに。

ああでも、外の店で打ち合わせをしていたら確実にコーヒーを注文していたはずだし、気を回せば良かった。そんなことを思いつつ、ドリップ式のコーヒーをマグカップに用意して埜渡の手元へ運ぶ。

「なんだい、君も飲めばいいのに」

一瞬、なにを笑われたのか分からなかった。目線をさまよわせ、少し遅れてそれが自分の分のコーヒーを用意しなかったことに向けられた言葉だと理解する。

「冷蔵庫にもらい物のチョコもあるから、好きに食べていいよ」

優しくされている？

この人は一体どんな存在として私を見ているんだろう。

結局コーヒーをもう一杯作らせてもらい、それを飲みながら埜渡がなにか思いつくのを待った。一時間後、「今日はダメそう」と首を振られ、三回目の打ち合わせは終了した。


胸に重さを感じながら帰社し、白崎は気分転換がてら席を離れて社食に向かった。券売機でチケットを買い、カウンターでコーヒーを受け取ってあまり人がいない奥の席につく。トートバッグから、分厚い原稿の束を引っ張り出した。

すでにデビューから三十年以上が経過し、人気シリーズがたびたびドラマ化されているホラーサスペンスの帝王の最新長編だ。瀬木口のさらに前の担当者が口説き落としたものの、執筆速度にムラのある人なので実際に原稿が届くのはまだ先だろうと思われていた。三日前にメールを受信した瞬間、地面を踏む感覚がなくなり、夢見心地で家に帰ると玄関にうずくまって一気に読み切った。後から帰宅した夫が邪魔そうに自分をまたいだことすら、後で言われるまで気づかなかった。

人間の恐ろしさ、愚かさ、危うさをこれでもかというほど書き込み、そこに貧困や差別といった社会問題を盛りつけた帝王に相応しいテクニックと熱量のある作品だった。

だけど、面白くなかった。

前半はのめり込んで読んだものの、悲惨な出来事の連続に胸焼けがして、後半は読み進めるのが苦しかった。ラストシーンは感動というより、やっと終わってくれたという安堵感が勝った。

最後のページを読み終わり、白崎は愕然として頭を抱えた。確実に帝王の耳を痛める意見を、なるべく早く、怒らせずに、でもきちんと伝わるかたちで伝えなければならない。可能であれば原稿に具体的な修正提案を書き込んだ上で。

自分の意見を原稿に書き込み、サポートについてくれた棚橋と打ち合わせをした。彼は長く考え込んだ後に「後半だよなあ」と呟き、こちらがそれに同意すると「うん、わかっているならこれも経験だ」とあっさり原稿の束を突き返した。

大きすぎるプレッシャーに胃もたれを感じつつ、書き込みだらけになった原稿を繰り返しめくる。

二時間ほど経っただろうか。目の奥に重さを感じて顔を上げると、現在は文庫編集部に在籍している同期入社の茄子野多栄《なすのたえ》が隣の席でオムライスを食べていた。こちらの動きに気づき、ちらりと顔を向けてくる。

「おつかれ」

「そっちも。どうしたの、夕飯食べるの早いね?」

「夜からイベントの手伝いなんだ」

色白で線が細く、明るい茶髪をゆるめのお団子に結い上げた茄子野には、花や小鳥がよく似合いそうなどことなく可憐な風情がある。繊細でキュートな外見に反して、中身はなかなか剛胆だ。単行本では売上がいまいちだったキレイめな造本の純文学の本を文庫化する際、装幀にあえてエログロな新進イラストレーターを起用して注目を集めたり、企画をうまくつなげて作家を説き伏せ、他社からまだ文庫化されていない作品を引っ張ってきたりと強気な仕事をする。売上は上げるが、代わりに彼女の周囲にはいざこざも、敵も多い。

「ね、年明けに出る韮山《にらやま》先生の文庫の解説、同年代だし、お互いの作品によく言及してるし、埜渡先生はどうかなって思ってるんだけど、忙しそうだった？　もう担当引き継いだんだよね？」

「ああ、うん」

そうだ、埜渡のことも考えなければ。新作の構想は白紙のまま、いつ原稿をとれるかのめども立っていない。さらに頭が重くなる。

「忙しそうっていうか……うーん、不調、かな。新しい話が浮かばなくて、他社の仕事も全部止めてるみたい」

「あれ、このあいだの『緑園』で燃え尽きちゃった？」

「そうかも。まあ、もともとそれほど筆の速い人じゃないらしいし……」

言いながら背中に汗がにじんだ。いや、あの居心地の悪い感じはそれだけではないだろう。分かっていて、ごまかしている感覚に呼吸が苦しくなる。

「……っていうか違う、ちょっと私やらかしたかも。初顔合わせのとき、学生の頃からファンですってはしゃいで言っちゃった。打ち合わせの間ぜんぜんしゃべらせてもらえなくて、埜渡先生が一人で考え込んでるのを、こう、じっと待ってる感じに……いや、コーヒーやお菓子は勧めてもらえるし完全に嫌われたわけではないと思うんだけど、どうかなー……ああ、お腹痛い」

「ふーん、とにかくうまくいってないんだ」

「まあ、うん」

「じゃあいいや、他の人を考えるよ」

あっさりと方針転換され、慌てて言葉を足した。

「いや、もしかしたら埜渡先生は私に腹を立ててるだけで、なっちゃんが打診したらなんの問題もないかもしれない」

「そう？」

「うーん、たぶん。とにかくまあ……私はちゃんと良い提案を積み重ねて、信頼してもらえるよう頑張ります」

そう？　ともう一度小さく口を動かし、茄子野は短く考え込んだ。

「果音ってそんなに埜渡先生のファンだったの？」

「え、うん」

「やっぱり『涙《るい》』を読んで？」

「そりゃそうだよ、多感な時期にばっちり射貫かれましたとも」

出版当時、大学三年生だった白崎にとって『涙』はかなり衝撃的だった。

なんの取り柄もない売れない小説家の「僕」と、近所の飲み屋で出会った女性「涙」の物語。

白崎は「涙」の無邪気で愛らしい造形に胸を打たれ、あけすけで生々しいセックスシーンには、まるで自分が「僕」になった気分でどきどきした。女性が主体になって楽しそうにセックスをするというのも新鮮で、旧来の控えめで自分の体に疎い女性像、性とは奪われるべきものであるといった固定観念が壊れていくようで爽快だった。

そう、考え考え感想を述べると、茄子野はうなって唇を尖らせた。

「うん、そういう風にあの小説を好きな人がたくさんいるのは分かるよ。でもなんかな、私はあれを読んで、埜渡先生って女性の味方ですってフリをして、すっごくたちの悪い人なんじゃないかって思ったよ」

「え、どういうこと？」

「なんで複数の人と寝るのが当たり前だった涙が、主人公と恋に落ちた途端に主人公としか寝なくなるの？」

「それは……不幸な生い立ちからくる愛情への飢餓が埋められたからでしょう？」

「じゃあ、なんでたくさんの女性と関係を持ちたがる男性キャラクターなんていくらでもいるのに、似たような衝動を持つ女性キャラクターは、わざわざ不幸な生い立ちまで設定して主人公に救われなきゃいけないの？」

「でもそんなこと言ったらあの話、まとまらなくない？　物語が破綻しちゃうよ」

「僕」と夫婦になってなお「涙」の浮気が止まらないなら、読み手は最後まで落としどころが分からないままだ。好きな話をけなされたような、若干いやな気分で聞き返すと、なぜか茄子野の方が困惑した様子で眉をひそめた。

「破綻……破綻って呼ぶのかな……なら、その先に向かうのが物語じゃないの？」

「ごめん、話のポイントがよく分からない」

「みんなが信じたくなる物語ってあるよ。そういう意味で、埜渡先生はすごく上手い」

「……それ、褒めてないでしょう」

「褒めてるよ。売れるってことだもの。でも、その物語が誰のためのものなのかは、考えなきゃいけないと思う」

食事を終えた茄子野が荷物をまとめ、食器を手に腰を浮かせる。

「白崎、茄子野！　ごめん、ちょっといいかな」

快活な呼び声に振り返ると、営業部で同期の畑岡《はたおか》が片手を挙げて駆け寄ってきた。なんでも現在ドラマ放映中のミステリー作品の新刊が出るにあたり、著者やドラマ関係者を招いた大型のイベント企画が動いているらしい。編集部からも応援が欲しいという相談だった。特に異論もなく引き受け、内容を軽くヒアリングする。

「営業部の担当者は畑岡くんなの？」

「いや、メインは笹木《ささき》さんで、俺がサブについてる」

「了解。じゃあ、あとで詳細をメールで送って」

畑岡は忙しそうに去っていく。

幾度か相づちを打つだけであまり口を挟まなかった茄子野が、ぽつりと言った。

「なんで同期でも男から女に呼び捨ては自然なことで、でも逆はしにくいんだろうとか、考えたことある？」

めんどくさいな、とまず思った。今日の打ち合わせ用に合わせた淡いラベンダーのきれいめトップスとベージュのフレアスカートを見下ろす。こんなのただの戦略と努力だ。いくら馬鹿馬鹿しくても、現実がそれを要請するなら応えていくしかないじゃないか。

「……確かに呼び捨てが男言葉だっていうのは固定観念かもしれない。でも、たぶん畑岡くんに悪意はないよ？」

「そりゃそうだよ。あったらただの嫌がらせ。ないから厄介なんじゃない」

顔をしかめ、茄子野は食堂を出て行った。

最近は、帰宅したらしばらく玄関口に座り込むのが癖になりつつある。三十人近い作家を担当していた瀬木口から引き継いだ膨大で不慣れな業務の他、手が離せないままになっている前の部署の仕事も何件かあって、毎日がキャパオーバーに陥っていた。

今日も一日が終わった、と駅前のコンビニで買ったタピオカ入りココナッツミルクをストローで吸い込む。この時間が一番落ち着く。

周囲の壁紙のでこぼこを眺めて一日の流れを反芻していると、音を立てて玄関の鍵が開いた。外の匂いと共に、夫の貴央《たかお》が入ってくる。疲れているのだろう、顔が暗い。

「おかえりなさい」

「玄関狭いんだから、そこでくつろぐなよ」

「ごめん、疲れちゃって」

「俺もー」

ため息交じりにこちらの足をまたぎ、しわの寄ったスーツの背中が部屋の奥へと消えていく。

三歳年上の貴央と出会ったのは大学のゼミで、もう十年ほどの付き合いになる。白崎が卒業して二年が経ち、お互いに社会人という立場に慣れた頃、そろそろかな、とどちらが言い出したわけでもなく自然な流れで結婚した。

「メシ食った？」

「ううん、まだ。適当に残り物で済ませようと思って」

「うどん作るけどいる？」

「あ、うれしい」

　夫が作ってくれた卵とほうれん草が入った温かいうどんをすすりながら、白崎はテレビをつけた。イギリスの南極観測基地の施設点検にまつわるドキュメンタリー番組が放映されていた。本を作っていると、それまでなんの関係性もなかった情報が唐突に役立つことがあるので、意識的に画面を眺めていた。すると、自分のうどんを運んできた貴央がリモコンを手に取り、当たり前のようにチャンネルをバラエティに変えた。

　ドッと耳に入る音の量が増える。

「観てたのにー」

「仕事が終わってまで、こんな地味で辛気くさいもの観たくないよ」

　芸能人夫妻がお互いの生活を面白おかしく茶化し合う番組を横目に、ビールのプルタブを起こした貴央は職場の愚痴をこぼし始めた。仕事を他人に振ることもせず手元に溜め込むだけ溜め込んでクレームが来るまで腐らせる迷惑野郎がいてしかもそいつは俺より一回り年上で給料も上だ今日もそいつの尻ぬぐいで一日が終わったたまにぶっ殺したくなる云々。

「あーいるいるそういう人。イライラするよねー」

夫が放つ剣呑さをなるべく柔らかい相づちでくるみながら、白崎はテレビの端を見つめた。学生の頃、私たちはもっと違う話題で盛り上がっていた。南極観測基地の施設点検だって、ああだこうだと意見を交わしながら楽しく鑑賞できただろう。

貴央の状況が悪くなったのは三年前の人事異動がきっかけだった。それまでは業界大手の広告マンとして充実した毎日を送っていたのに、懇意にしてくれていた上司が社内の派閥争いで敗れて地方支社へ飛ばされたのをきっかけに、彼の後継者と見なされていた貴央もまったく関心の持てない事務方の部署へ異動させられた。そこは会社の中でも出来ない人の吹き溜まりになっていて、周囲はまるで戦力にならず、業務の大半を一番新入りの貴央が回している状況らしい。聞けば聞くほど、なるほどそりゃ確かに辛いだろう、と気の毒になった。

ただ、貴央の愚痴にはいつも出口がなかった。業界内の転職を視野に入れたら？と勧めても、いや社内の上の人間は俺のことを評価してくれているからそのうち引っ張り出してくれる、と口を尖らせる。それはいつなのか、具体的にどんな部署に行きたいのか、そもそもその人たちは本当にあなたの人事を左右するだけの権限を持っているのか、問いを重ねれば重ねるほど、貴央はまるで侮辱でも受けたような目で白崎を見るようになった。かといって事態を打開するような建設的な意見は発されず、ただ周囲の人間への嫌悪だけがまき散らされる。そんな日々が、もう三年も続いている。

一度、貴央が吐き捨てるように言った。

「あのなあ、なんでわざわざ格下の会社に移らなきゃならないんだ。どこだって組織の構造自体は変わらない。ならうちにいた方がマシだろ。給料だって他よりずっと良いんだ」

格下の会社、という単語が耳に馴染まず、白崎は思わず目を丸くした。この人のなかでは、毎日の、そしてこれからもずっと続いていく仕事の不満や苦痛を改善することよりも、業界大手の有名企業にいる、というプライドの方が優先されるのか。まなざしに、呆れがまったくにじまなかったとは言えない。少なくとも白崎は自分が在籍する山入書房に対して、愛着はあっても、そんなプライドを持ったことはなかった。就職活動の際も、そこが大手かどうかより、自分好みの本を作っているかの方を重要視していた。

白崎の顔にどんな感情を見て取ったのか、貴央は眉間にしわを寄せ、なにも言わずに席を立った。

その日以降、白崎は貴央に良いことであれ悪いことであれ、自分の仕事の話をするのをためらうようになった。自分と貴央では年収が百万ほど違う。それぞれ必要な額を引いた残りを家族口座と呼んでいる共有の口座に振り込み、今後の資金として貯蓄してきた。お互いにそれほど派手な趣味もなく、大きな買い物をしたこともなく、さほど金銭について思い悩む機会もなかったため、今までそれを意識したことはなかったし、あくまで自分たちは対等だと信じてきた。

だけど、貴央はそんな風に見ていなかったのかもしれない。年収の低い格下の会社、と見下していたのかもしれない。一度そんな疑念が芽生えると拭い去るのは難しく、結果、食卓の話題は他愛もないテレビの話や、貴央の職場の愚痴ばかりになり、夫婦仲はぎこちなくなった。

「……あ、そう言えばさ、今日、埜渡徹也《てつや》の家に行ったよ。初めてサシで打ち合わせ」

加減して相づちを打つことに疲れ、白崎は話題を変えた。大学時代、貴央は書店でアルバイトをしていた。ブレイク前の新人作家の新刊を単行本で読むほどの読書家で、埜渡のことも「この人そのうち絶対売れる」とPOPを書いて推していた。だから、今日の出来事はきっと面白がってくれるだろうと思ったのだ。

埜渡徹也の名前にはさすがに興味が残っていたらしく、貴央は目を大きくした。

「へえ、どんな感じだった？　つーかあの人ぜったい変態だろ」

「変態変態。なんかね、家の一部屋が、植物が茂りすぎて森になってんの。すごいよ」

変態？

本当にそんなことを思っただろうか。自分があの部屋で感じたのは、もっと恐怖や嫌悪に近い——違う、あれは天才の証だ。だからあの感情はそう、畏怖だ。

だけど今は貴央の鬱憤を晴らすため、ひとまず変態と呼んでおく。案の定、彼は楽しそうに笑った。

「マジか、やっぱりな、まともじゃないと思ってた。だって『涙』とか、奥さんへの目線が粘着質でヤバいもん。夫婦の性生活まで赤裸々に書かれてるし。まあ、たまたまそういうの気にしない奥さんだったからいいんだろうけど」

「そこは……夫と、夫の職業に、それだけ敬意を払っていたってことじゃない？　人間を書く仕事だって分かってるから、自分の一番パーソナルな部分を描写することを許したんでしょう」

　愛だ、と突き抜けるように思った。埜渡夫妻は心と体どころか、血肉や骨を掻き分けたその奥の尊厳や恥まで剝き出しにして、小説という芸術に人生を捧げている。その純粋であまりに我欲のない職業人としての在り方、独特で誰にも真似できない愛の深さに、私たちは撃たれるのだろう。高揚に、背筋が震えた。

「ああ、私もがんばろう」

　思わず呟くと貴央は肩をすくめ、少し呆れたように言った。

「まあ、ほどほどにな。……なんかいいよな、人間だの敬意だのそういうふわふわしたことを考えて給料がもらえるんだから。俺なんか毎日うんざりするような金勘定と、胸くそ悪い不始末の尻ぬぐいばかりだってのに」

　少し明るくて少し暗い、拗ねて甘えているような、冗談なのか冗談じゃないのか分かりにくい口調だった。

「……そんな綺麗なことばかり考えてるわけじゃないけど」

出版業界にも汚いこと、辛いこと、理不尽なことはたくさんある。一定数以上の人間が集まることで発生するトラブルの種類は、どこの業界もそう変わりはしないだろう。だけどそれを目の前の夫に説明しても意味を成さない気がした。

貴央は、変わった。卒業し、会社に入って、仕事をして、少しずつ変わっていった。興味を持って受け入れる話題が狭くなり、それ以外の物事を軽んじて攻撃するようになった。学生の頃に恋をした、見聞きするすべてを分かち合えた楽しい先輩はもういない。

でも、どうしていなくなってしまったのだろう。

答えが出せず、貴央が寝室に入ったあと、白崎は一人でワインを飲んだ。グラスを空けるたび、よく分からなくて苦しいあれこれが遠のいて頭が楽になる。やめるタイミングが分からなくなり、気がつくと足がもつれるほど酔っていた。

ふたたび二階の森を訪ねたときに感じたのは、畏怖でも嫌悪でもない不思議な安心感だった。樹木の香りに自然と呼吸が深くなる。静かで、薄暗くて、目も耳も安らぐ。

　左手を壁に付けたまま下生えを掻き分け、部屋の奥側の壁面に設置されているというもう一つの本棚を目指す。今日探さなければならない資料は『戦後の未亡人』と『ダンスホールとジャズ文化』だ。

　打ち合わせのためにいくつか用意してきたテーマは「そんな気分じゃない」とことごとく却下され、今日も考え込む埜渡の前でネタの降臨を待ち続けることになった。タイミングを見計らってコーヒーを入れ、持参した菓子の包みを開けて手にとりやすい位置に置き、あとは邪魔にならないよう息をひそめる。貴央が見たら、「待ってるだけで給料をもらいやがって」とまた悪態をつくだろう。

　埜渡が白崎の話で唯一興味を示したのは、休憩時間になにげなく口にした家族にまつわる雑談だった。埜渡の手元には『歴史を動かした三百七通の手紙』という先日見つけ出した資料本があった。

「へえ、おじいさんが船の事故で」

「はい。祖父を亡くしたとき、祖母は五十代だったんですが、それから自分が亡くなるまでの二十年間、ずっと祖父への恋文を書いてはモロゾフのクッキーの空き缶に溜めていたそうです。死後に、同居していた伯父夫妻が荷物を整理した際に見つけたんですけど、それこそ三百通くらいあったとか」

「風情のあるいい話だね。水難事故かあ。それは手紙だって書きたくなっちゃうかもね」

そこから埜渡は「昭和……昭和の女か」と考えに沈み、小一時間ほどうなり続けて「昭和の怪談とかいいかもなあ。基本に戻って、うらめしい感じの女の幽霊が出てくるの」とようやく一つ思いついてくれた。過去にも昭和を舞台にした小説は書いたことがあり、その時に集めた資料があるという。構想を練るあいだ、白崎はまた二階で資料探しを頼まれた。

それにしても、どうして資料を置いた部屋を森にしたのだろう。探しにくくて仕方がない。低く伸びた枝をまたぎ、越えられそうにない茂みを迂回する。家の外観を考えれば広くてもせいぜい十畳程度なのに、歩いても歩いても壁が終わらず、部屋の端に辿り着かない。

スリッパの布地に包まれた爪先が、硬いものに当たった。目線を下げ、白崎は小さな悲鳴を上げた。

石だ。一抱えほどもある大きな四角い石。明らかに人の手で加工されたそれが無造作に放り出されている。石の色は暗く、苔に覆われ、ひび割れから細かな木の芽まで伸びている。

一般住宅に石？　しかもこんな遺跡とかに転がっていそうな古びた石が、どうして。意識して目を凝らすと、森のあちこちにその石は見受けられた。茂みと隙間や木の根元に点在し、部屋の中央へ向けて心なしかその密度を増やしていく。

壁から手を離すべきじゃない、とまず思った。この部屋は普通じゃない。歩いても歩いても先へ進めない、悪い夢のなかに居るみたいだ。

考えたことある？　と唐突に茄子野の顔が浮かんだ。

頭の片隅で美しいクッキーの缶が開き、三百通のラブレターがあふれ出す。

晩年の祖母は化粧品会社で働く伯父の妻と折り合わず、たびたび家出騒動を起こしては白崎の母に「あの嫁は子供を産まない家事もしない、いつまでも子供みたいなだらしない女」と悪口を吐き散らしていた。親族は「年をとって性格が悪くなった」「古い人だからそういうもんだ」と笑っていたけれど、考えてみれば祖母は五人兄弟の末っ子で、働く機会も学ぶ機会も与えられずに老いた人だった。

あの手紙は、本当に亡き夫への恋心の表れだなんて、美しく解釈していいものだったのだろうか。

考えて、胸を満たした嫌な感じに、白崎は思わず顔をしかめた。ああでも、知っている。知っているとも。この部屋の外にだって、つかみどころのない悪い夢はあるのだ。

内も外も変わらないなら、なにを怖がる必要があるだろう。

壁から手を離し、石を追った。

触れるものがなくなった途端、視界が一段暗くなったような気がした。

薄闇に浮かび上がる石を頼りに森の中心部へ分け入る。時々振り返っていたものの、部屋の壁はあっという間に枝葉に遮られて見えなくなった。歩き続けるうちに、周囲の木々の密度が薄くなっていく。どこかへ抜けられそうだ。

唐突に、木々が途切れた。まるで広場のように開けた空間に出る。

そこには古い石を重ねた作りかけの建造物があった。まだ屋根も柱もなく、おぼろげに土台の輪郭が見えるぐらいだが、明らかに個人の意志が感じられた。

誰かが、なにかを作ろうとしている。

白いシャツワンピースを着たショートカットの女が、石の一つに座って本を読んでいた。きっと二十歳前後だろう。横顔にあどけなさが残っている。

こんな場所で人に会ったことが信じられず、白崎は頭の中で散ってしまった言葉を拾い集めるように話しかけた。

「すみません、ここは……いや、えっと、どなたですか？」

振り向いた顔を見た瞬間、奇妙な既視感が湧いた。

知っている。自分はこの人に会ったことがある。

でも、こんな顔は知らない。

女は驚いた様子もなく、緩慢に口を開いた。

「あなたは？」

「山入書房の白崎と申します」

「私はルイだよ。埜渡ルイ」

ルイ。

ルイ、るい、涙！

字面が頭を駆け巡り、一つの像を成した。あの、植物を思わせる、みずみずしく奔放な「僕」の妻。目の前にいる女性は、涼しげな顔立ちも、軽やかな体つきも、あっさりと投げ出すような少年っぽいしゃべり方まで、まさに作中の涙のイメージそのままだった。

「涙さん！　なんてこと、すごい……あなたが出てくる小説、とても好きで何度も読みました。お会いできるなんて嬉しいです」

心からの喜びを込めて言ったのに、彼女は顔を強《こわ》ばらせると、立ち上がって小走りに森の奥へと逃げて行った。

棒立ちのまま、白い背中を見送る。

自分は一体なにを間違えたのだろう。

積み上げられた石のモニュメントを見渡す。涙がいなくなり、再び森は静けさに沈んだ。薄い闇を溜めた枝葉が絡まり合い、周囲はまったく見通せない。

不意に方向感覚が歪み、帰り道の自信がなくなった。仕方なく涙が消えた方向へ歩き出す。再び草を踏み、藪を迂回し、通せんぼする枝を折る。

前方の葉陰から淡い赤色の光がにじみ出した。眩しさに目を細めつつ、一歩一歩足を進める。薄膜が剝がれ落ちたみたいにみずみずしい風が吹き抜け、土の香りが漂い始めた。

気がつくと、白崎は日暮れの雑木林の外縁に立っていた。目の前には何の変哲もない住宅街が広がっている。

周囲を見回し、息を呑んだ。

すぐ隣に、先ほど訪ねたはずの埜渡家が建っている。

二階の森が、隣の雑木林につながっている。あの奇妙な空間が一つの部屋に留まらず、外にあふれ出している。両腕に鳥肌が立った。

鍵が開いたままになっていた玄関からリビングに戻り、「資料は見つかりませんでした」と埜渡に告げる。彼はノートに目を落としたまま、「そっか、じゃあまた買いに行かなきゃな」と口をとがらせた。

瀬木口の予定を示すホワイトボードには、関西地方への三日間の出張が記されていた。携帯に伝言を入れ、午後から撮影の予定が入っているハウススタジオへ向かう。昼を少し過ぎた頃、瀬木口からコールバックがあった。新幹線にでも乗っているのだろうか。背後には規則正しい機械の駆動音が聞こえた。

あの森、変ですよね？　と単刀直入に切り出す。あれほど奇妙な埜渡家について、ろくな引き継ぎがなかったことへの怒りもわずかににじんだ。回線の向こう側の瀬木口は数秒口ごもり、浅く溜め息をついた。

「二階の部屋に入ったの？」

「資料を探しに行けって言われたので」

「そうか……埜渡さんそういうことするよな……」

「あの森、なんなんですか？　奥に人がいたんですけど。ショートカットの、若い女の人で……埜渡ルイって、先生の奥さんですよね？　家を出ているって聞いてたのに」

「えっ……」

再び瀬木口は黙り込む。ぽっかりと空いた頼りない沈黙に、白崎はふわりと苛立ちが湧くのを感じた。瀬木口に対してではなく、自分に、だ。

あの森を初めて目にしたとき、自分はなにを思っただろう。キャリアが長い年上の先輩社員がこの状況を良しとしたなら、良いはずだ、と思い込んだ。それ以上考えることをやめていた。キャリアの長さも、年齢も、なに一つその人の判断が今この瞬間の自分のそれより優れているという証明にはならないのに。

意識の深い位置に埋もれていた思考回路が、いやで仕方なかった。

たっぷり一分ほど間を開けて、ようやく瀬木口は喋り始めた。

「あの森は、琉生《るい》さんから生まれたんだ。琉生さんがある日、大量の植物の種を飲んだ。全身から発芽し、日を追うごとに生い茂って、夫婦の寝室は森に沈んだ」

「……あの、なんでいきなり『緑園』の設定を」

「逆だよ。『緑園』はあの夫婦に起こったことを基に書かれたんだ。……とにかくあれは、埜渡夫婦の問題だ。俺達は原稿さえ取れればいいんだから、一線を越えるな。首を突っ込みすぎないようにしろよ」

原稿とか仕事とかそういう目に見える確かなものと、あのつかみ所のない森がうまく頭の中で結びつかない。

「でも、二階の森が外につながっていたんです。資料を探しに行ってさんざん迷った挙げ句、気がついたら私はお隣の雑木林に立っていました……もうあの家だけの問題じゃない。とっくにあふれてます」

「ええ、冗談だろ……外に出たいって言ってたんだ。気の毒だったし……俺のせいじゃないよ」

「瀬木口さん？」

「……戻ったら話す。じゃあ」

無責任な前任者へ通じた回線が切れる。

複雑な気分で雨に濡れたスタジオの中庭へ目を向けた瞬間、玄関の方向が騒がしくなった。

最近注目されている若手俳優ミシマツトムの、初めてのエッセイ本がもうすぐ山入書房から出版される。白崎が前に在籍していたファッション誌で三ヶ月に一度、エッセイとその内容を基にした写真を掲載する人気コーナーを書籍化したものだ。

連載中はミシマに余計な負担をかけないよう担当を変えないで欲しい、という事務所側の意向もあり、異動後も手が離せなかったが、今日のカバー写真の撮影を終えたらやっと単行本の担当者に引き継ぐことが出来る。最後の山だ、と白崎は下腹に力を入れて挨拶に回った。

「どうも、お世話になります」

「こちらこそ、今日もよろしくお願いします。あれ、白崎さんちょっと瘦せました？　綺麗になった」

「えっ、ありがとうございます」

「こっちが楽屋？」

「そうですそうです。撮影はこの部屋と、あと廊下かなって……あ、すみませんカメラさんチェックお願いします」

これまでにも幾度となく撮影を共にしてきたため、ミシマ自身はもちろん、事務所のスタッフやカメラマンとも軽い挨拶を交わしただけでスムーズに撮影の準備が整えられていく。

最近のミシマはスイートなイケメンの役や、性格のとんがった奇人変人の役を演じてきたため、このエッセイ本では彼の無垢な少年らしい一面を世間に見せたい、とマネージャーから要望が出ている。ミシマの実家暮らしを覗いているような雰囲気が醸し出せるよう、今日のスタジオは生活感のある純日本家屋を押さえた。

メイクを終えて楽屋を出てきたときから、ミシマの雰囲気は変わっていた。それまでの気さくな空気はどこかへ消え、緊張感のあるたたずまいで指定された位置へと向かう。縁側に座り、階段を上り、台所に立ち、居間に寝そべる。あまり笑わず、目の力を強くして、肩の力を抜きつつもどこか傷つき、不安を抱えている。それが彼が築いた「無垢な少年らしさ」なのだろう。

三十分ほどで撮影は終わり、機材が片付けられた。張り詰めた空気を一瞬で吹き消し、「おつかれっしたー」と笑ったミシマは、猫のように縁側でだらつきながら穏やかに煙草を吹かし始めた。

その姿を、白崎はどこか新鮮な気分で眺めた。

役者が、役から離れる瞬間。これまでにも幾度となく目にした、当たり前の景色だ。

美しい幻を見せることが仕事の人がいる。仕事が終われば、その人はただの個人に戻る。幻と個人は同じではないし、同じである義務もない。白崎も他の仕事関係者も、「なんで無垢な少年じゃないんですか」などとミシマを責めるような馬鹿なことはしない。それは彼のファンだって同じだ。ファンはミシマが演じる無垢な少年や、きらきらの王子様が幻だと承知した上で、それを楽しんでいる。

幻と個人は違う。そういうものだと分かっていたはずなのに、どうして自分は小説の「涙」と、埜渡の妻を同一視してしまったのだろう。

喜び浮かれた自分の声とは反対に、まるで冷水でも浴びたように顔を強ばらせ、森の奥へと走り去った妻の背中を思い出す。

作中で笑って体を差し出す「涙」と同じように、彼女もまた、あけっぴろげに自分が書かれることを許したのだと、疑いもしなかった。そんなことが「ありうる」と見なしていた。

なぜか？

合理性よりも感情を優先し、愛に狂って、男性をサポートするためにその存在を投げ出すことは、とても「女らしく」感じられたからだ。

辿り着いた結論に、嫌な汗がにじんだ。

ああ、いやだ。最悪だ。苦みが舌に広がり、白崎は口元を押さえる。

たとえば埜渡夫妻の立ち位置が逆で、書いたのが妻、書かれたのが夫であったなら、自分は「この旦那さん、こんな風に書かれて文句とかなかったのかなあ」などと半歩退いた認識を持っただろう。そう思わなかったのは埜渡の妻に対して、「女だから」と偏見を持っていたからだ――ひとかけらの、悪意もなく。

迎えの車が到着し、ミシマと撮影スタッフたちは次の現場へ向かった。彼らを見送った白崎は膝を抱え、一人で開けっ放しの玄関口にしゃがんだ。

雨が強くなる。

帰りがけにコンビニで買った冷凍のピラフとインスタントの味噌汁で夕飯をとっていると、スーツの肩を濡らした貴央がビニール傘片手に帰宅した。

「おかえりー」

「ただいま。あ、いいもん食ってる」

「たまに食べたくなるよね、ピラフ。ちょっといる?」

「いや、もう食ってきた」

手を振って、金物臭い雨の匂いをまとった夫は風呂場に去って行く。白崎は食事を終え、静かにワインを飲み始めた。テレビはガラパゴス諸島で生きる動物たちの生存競争を映している。

パジャマに着替え、ビールを持って、バラエティにチャンネルを変えようとする湯上がりの夫の手を押さえ、白崎はぷつんとテレビを消した。

「おしゃべりしよう」

このままずっと別々の世界に生きていたら、自分たちはだめになる気がした。久しぶりに音のない空間で眺めた夫の顔は疲れていた。きっと彼の目に映る自分も、似たような憔悴を抱えているのだろう。

白崎はソファに腰を埋め、異動してから起こった信じがたい様々なことを貴央に語った。埜渡の家で遭遇した奇妙な森と、その中で出会った女。

「あの小説が、奥さんの同意を得ずに書かれた残酷で身勝手なものだったなら、それに感動してた私はなんなのって思った」

どうして自分は、残酷なものと美しいものの区別をつけられなかったのだろう。逃げていく埜渡の妻の背中を見た後に読み返した『涙』は、涙を奇人に仕立てることで、主人公の甘えを無限に引き受けるサンドバッグの役割を負わせているように感じられた。一度そう読めてしまったら、もう二度と、元の純愛小説として受け取ることは出来なかった。

それまでにも引っかかるポイントがいくつもあったのだろう。しかめ面をした貴央は鼻を鳴らした。

「同意ってなんだよ。そんなものないよ」

「……ないの？」

「こういうのは、やるかやられるかだろう。そんなにいやなら、小説が出版されるより先に、奥さんは作家をぶん殴ってでも止めるべきだったんだ。出された後だって、自分の言い分を公表して抗議するなり、なんなら名誉毀損で裁判をするなり、やればよかった」

「……そんなことが出来るのは、よっぽど気の強い人だけだよ」

「出来ないなら、それで終わりだ。弱いのが悪い」

「だから、普通、好きな人にそんなひどい書き方をされるなんて思う？　どうしてそんな考え方になるの。悪いのは明らかに埜渡さんでしょう？」

身も蓋もない夫の物言いに、白崎は不満を隠さず口をとがらせた。

貴央はますます眉間にしわを寄せる。

「あのな、男は物心ついたときからずーっと競ってるんだ。ずーっと、どうやって周りの人間に勝つか、有能さを示してのし上がるか、考えてる。負けたらそれで終わり、自分がダメな奴だって思うし、周りからもそう思われて生きる苦しさを引き受けなきゃならない。分かるだろう？　最後まで弱いままで愛される少年漫画の主人公なんていないんだ。弱さを非難されないどころか、後ろめたくすら思わないでいられるのは女の世界の話だよ。正直、全然共感できない」

格下、とかつて貴央が口走った言葉が頭をよぎり、白崎は顔をしかめた。

「男とか女とかじゃない、人権や尊厳の話だよ！　第一、競ってどうするの？　その、男社会？　で勝ち抜いたら、なにか良いことがあるの？」

人生は他人と競うものではない、個々人で充実させるものだと当たり前のように白崎は思うし、勝ち負けを大真面目で語る夫が馬鹿に思えた。出世さえすれば一律にみんなが幸せになるわけではない。いったいこの人は何十年前の話をしているのだろう。

しかし貴央は、真剣な顔で淡々と続けた。

「ないよ。勝ち抜いたって、良いことなんてなにもない。ただの呪いだ。くだらないし、最後にはなにも残らない」

彼の目は、どこまでも正気だった。自分の深部に埋まる不毛な思考回路を、呪いを、認識したことがある人の目だった。

軽い力で胸を衝かれたような、新鮮な気分で白崎は夫を見つめた。淡い、奇妙な、喜びに似た気持ちが湧いた。私の夫は、それを認識したら苦しい、という物事をちゃんと見ている。

私たちは話が出来る。同じ場所で生きる方法を模索していける。

短く間を置いて、眉間にしわを寄せた貴央は続けた。

「でも、それに振り回される気持ちはすごく分かる。埜渡徹也は、奥さんをネタにすればすごいものが書けるって思ったんだろ。他人から尊敬される立派な小説家になりたかったんだ。それだけだよ。なんの悪意もない。それがひどいことだなんて感じる機会すらない」

白崎は、うっすらと眉を寄せた。

分からなかった。そこにどんな出世欲や社会欲があったとしても、ある個人を特定できる状態で、同意もなく加工して作品に仕立てるなんてそんなおぞましいことが、悪意もなく実行されるということが分からなかった。

自分はいくら考えてもその核心に触れられないのに、貴央にはそれが分かるのだという。少し手を伸ばせば触れられる距離にいる自分と夫が、見えないガラスの壁で阻まれているように感じた。容易には砕けない呪いの壁だ。

でも、お互いを見ている。壁に手を当てて、考えている。

「呪いが砕けたあとの世界を、貴央さんと一緒に生きてみたい」

「……どんな世界だよ、それ。軽くディストピアじゃないか？」

分からない。白崎は短く目をつむった。男らしさでも女らしさでもない部分で、人を愛するとはなんだろう。まだ自分でもどこかうわ滑りした、非現実的なイメージしか描けないでいる。

「でも私は貴央さんの、強さとは違う部分がとても好きだよ」

心を込めてそう告げるも、また微妙に引っかかりを覚えたらしく、貴央は居心地悪そうに肩をすくめた。

五回目の打ち合わせで埜渡の前に座るなり、白崎は言葉を選ばずに切り出した。

「先生と奥様の話を書いてください」

埜渡は面食らった様子で、すぐに眉間に深いしわを寄せ、あからさまな呆れ顔を作った。

「なんだい、君も柳の下のどじょう狙いかい？　そりゃあ『涙』も『緑園』も売れたから、そう言いたくなる気持ちは分かるよ。でも僕だって、同じようなことばかり書いているわけには……」

「はい、過去二作のように奥様を題材にするのではなく、奥様と相対する先生ご自身に焦点を当てた作品を書いてください。なにを思い、なにを好み、なにを書いて、なにを書かないのか。そしてそんな正直な先生の在りようを、奥様はどう受け止めるのか。お二人がどのような結論を出されるのか。……そんな物語が、いま、どうしても必要なんです」

「あのね、熱くなってるところ悪いけど、妻はしばらく外出中で」

「二階の森の奥に、いらっしゃいました」

埜渡の目が見開かれる。声音と目線を揺らさないよう、緊張で痛む心臓をなだめながら白崎は続けた。

「奥様はなにかを作っているように見受けられました。先生も、なにかを作るべきだと思います」

心なしか、今日は空気がみずみずしい。リビングにいるのに、どこからか青くさい草木の香りが漂ってきている。

「先生は、どうして森に入らないんですか？」

すでに埜渡の心はここになく、彼はテーブルの角を見たまま動かなくなっていた。息を吐き、ソファに背中を預ける。今日も待つ、いくらだって待ってやる、その代わり逃がさない、と決意を込めて鮮やかなマゼンタのワイドパンツに覆われた自分の膝頭に目を落とす。

バッグに入れたスマホが振動した。

片手で額《ひたい》を押さえた埜渡はちらりともこちらを見ない。ディスプレイには、先日宅配便で修正提案を書き込んだ原稿を送ったホラーサスペンスの帝王からの着信が表示されていた。すみません、と断りを入れ、白崎はスマホを手に廊下へ向かった。呼吸を整え、逃げ出したい衝動を堪えて通話ボタンを押す。

「はい、山入書房の白崎です」

回線の向こうで、長く息を吐く音が聞こえた。低くしゃがれた男性の声が、重苦しい響きをまとって耳へ届く。

「アアー……えー……蜂須賀《はちすか》だけどね。アナタ、原稿に書き込み入れた白崎さん？」

「は、はい」

「よくもまあ、これだけ遠慮なく書いたもんだ！　後半なんかほとんど全部直せって言ってるようなもんじゃないの」

蜂須賀の一言一言が、痛みを伴って体を駆け巡る。なにせ二十年以上のキャリアの違いがある。彼の過去作品は今でも文庫で順調に重版がかかっている。機嫌を損ねるのが怖い、意見を述べるのが怖い。

蜂須賀と自分は、世代も性別も環境も、なにもかもが違う。どうせ、埜渡と同じく、黙れと言われて終わりだ。でも、これが私の仕事だ。やらないわけにはいかない。

「あの……生意気を申し上げてすみません。しかし蜂須賀先生の世界がぎゅっと詰まった、非常に心躍る作品であるからこそ、後半の過密さが、一つ一つのエピソードの良さを潰し合ってしまっているようで、もったいなく感じています。どうか今一度、ご再考頂ければと……」

「なにびくびくしてるの。最近はさっぱり原稿に指摘を入れてくれない編集ばかりだからさ。アナタ若いのに根性あっていいよ。とりあえずえーと……月末かな、それくらいには戻すから」

楽しげな笑い声を残して電話は切れた。

白崎はスマホを持つ手をだらりと垂らした。

4

水曜日の朝十時、埜渡徹也《のわたりてつや》は家の近所にあるスーパー「えんどう」の開店を待つ人々の列に並んでいた。

周りはくすんだ色の服を着た高齢者かエコバッグ片手の主婦ばかりで、壮年の男は埜渡しかいない。開店時間を迎え、自動ドアが開かれると、人々の流れに乗って惣菜コーナーへ向かった。

水曜日は惣菜が全品三割引きになるスペシャルデーだ。備え付けの厨房で作られた惣菜はこのスーパーの目玉の一つで、キッシュやアジの南蛮漬けといった人気商品は開店から一時間も経たないうちに売り切れてしまう。

埜渡は大量の商品が並べられたコーナーを眺め、慣れた手つきで目当ての惣菜を買い物かごに集めた。海老しんじょの蓮根はさみ揚げ、茄子の煮びたし、がんもとほうれん草のふくめ煮、海鮮パッタイ、焼きししゃも、キムチの盛り合わせ。これは日本酒、これはビール、ああ、ウイスキーも買い足しておこうか、と脳内で酒と組み合わせつつ、十五パックほど選んで惣菜コーナーを離れる。あとは牛乳と食パン、卵を買っておきたい。コーヒーもうすぐ切れてしまうな、あれがないと仕事が出来ない。

首を巡らせたところで、真横から「あらっ」とすっとんきょうな声がかけられた。

「埜渡先生、お買い物ですか?」

現れたのは、小説講座の生徒の一人だった。名前は確か……谷部《やべ》、いや、谷田部《やたべ》だったか。恰幅のいい五十代の主婦だ。しゃべり好きで笑い声が大きく、いつも機嫌よさそうに口角が上がっている。小説講座にも、技術を磨くためというより友達を作りに来ているのだろう。講座のあとに主婦仲間で集まって、同じビル内のカフェでお茶している時が一番生き生きとして見える。

そういえば、家が近所だと言っていたな。埜渡は機械的に口角をつり上げた。

「どうも。ええ、惣菜を買いに」

「ずいぶんたくさん買うんですねえ」

「いつも三日分まとめて買っているので」

水曜の惣菜デーと土曜の朝市、週二回の買い出しが習慣づいて、だいぶ経つ。このスーパーは惣菜のラインナップに旬の野菜をよく取り入れていて、こまめに内容が変わるため、飽きがこなくていい。

ただ普通のことを、普通に答えた。

だから、「ああ」と呟いた谷田部の顔がうっすらと曇った瞬間、埜渡は小石につまずいたように心がざらつくのを感じた。

「お一人だと大変ね。なにか困ったことがあったら気軽に相談してくださいね」

一人だと大変なことってなんだ？　ピンと来ないまま、曖昧な会釈を返す。なにしろ目の前の女は、一回の参加費が五千円もする講座の受講者だ。

「ありがとうございます。それではまた、教室で」

谷田部と別れ、そそくさと他の商品を買い物かごに入れて会計を済ませる。自転車の前かごに丸く膨れたレジ袋を入れ、ペダルを漕いで帰った。

リビングのテレビをつけ、録り溜めている深夜のゆるい旅番組を眺めながら、買ってきた海老しんじょの蓮根はさみ揚げと、流水にさらすだけで食べられるうどんを用意して少し早めの昼食にする。最近の冷やし麵はずいぶん高機能だ。つゆの他に、大根おろしと小口切りにしたネギ、わさびの三点セットが、ちゃんと小さなビニールパックに封入されてついてくる。

満たされた気分でうどんをすすり、朝に揚げたばかりなのだろう、かりっとした蓮根のはさみ揚げを頰ばる。旅番組はベテランの男性タレントが二人、旬の女性アナウンサーが一人という構成で、先を歩いてトークで番組を回すベテラン二人の背後で、若いアナウンサーは店の勘定を支払ったり、町の情報を披露したりとサポートをしている。その、笑顔で男二人の世話を焼く隠れ巨乳の彼女を眺めつつ、唐突に頭をよぎったのは、どうして独りで暮らす男は周囲からやたらと哀れまれるのだろう、ということだった。

妻の琉生《るい》がいなくなってから、確かに家の中は雑然とした。必要なときにトイレットペーパーや洗剤が切れて、うんざりしながら買いに出ることもある。でも、それがなんだというのだ。部屋なんて少し汚いぐらいの方が正直なところ居心地が良いし、買った食べ物はなんだってうまい。生活必需品はいつでも徒歩十分の距離にある深夜営業の大型ドラッグストアで買える。一人で暮らして困ることなんて一つもない。

それでも今の俺を見たら、実家の奴らは、だらしない半人前の暮らしだと馬鹿にするだろう。

唐突に思考が実家へ向かい、埜渡は二度、まばたきをした。

俺はいまだに自分のことを「作家」ではなく、「呉服屋の放蕩な次男坊」だと思っていたのか。

いや、いたらないものを見るような谷田部の目つきが、懐かしい苛立ちを掻き立てたのだ。そう結論づけて昼食を終え、くちくなった腹をさすりつつ濃いめのコーヒーをいれる。午後にはいい加減、次の作品のめどをつけなければならない。

最新作の『緑園《りょくえん》』が地方文学賞を受賞し、幾度かメディアにも取り上げられた。次回作への問い合わせが増える中、しかし埜渡は一向に新しい作品を書けずにいた。

その原因は、なんとなく分かっている。

女を媒介物にした作風から離れようと模索しているのだ。もともと埜渡は、凡庸な男が社会や歴史の動乱を前に苦闘する硬派な作品を好んで読んできたし、デビューからしばらくはそういう傾向の作品を書くことが多かった。

しかし、売れなかった。当時の自分には、ブレイクスルーに必要なテクニックも侠気《きょうき》も、なにもかもが足りなかった。精錬された鋼の精神への憧れはあっても、それを説得力のある形で物語に落とし込むことが出来なかった。

あれこれと思い悩んでいるうちに琉生と出会い、結婚し、少し肩の力を抜いて初めて書いた恋愛小説の『涙《るい》』が思いがけない評価を受けた。おかげで作家としての地固めは出来たものの、今度はその作風から抜け出すのが難しくなった。

別に恋愛小説を悪いと思っているわけではない。ただ、一人の男として生まれた以上、家庭やカップルといった規模の小さい話ばかりでなく、巨大な嵐を身一つで乗り切るような、強靭で壮麗な物語を紡いでみたいという欲望は尽きない。

とはいえ、ようやく軌道に乗ったのだ。半端なものを書いて現在の読者を手放すわけにはいかない。硬派な路線に切り替えるにしても、これまで評価を受けた恋愛小説の要素はほどよく注入していく必要があるだろう。しかし、ここにも難しさがある。『涙』を皮切りに書き続けてきた一連の恋愛小説は、男女の関係に絶望する女を描いた『緑園』である種の集大成を迎えてしまった。この先、なにをどのように書いて行けばいいのか――。

ダイニングテーブルを片づけ、いくつか資料になりそうな本を並べ、ノートを開いて考え込む。頭の中でひらめくイメージを追い、これまでに感銘を受けた様々な物語の骨格を洗い出し、組み合わせていくものの、輝く龍の尾はなかなか握れない。

先生は、どうして森に入らないんですか？

思考の範囲を意識的に広げていたせいか、数日前に若い編集者から言われたことが唐突に耳へよみがえった。

どうしてもなにもない。逆にどうして、入ると思うのだろう。

琉生は自分から森になった。おそらくは埜渡の浮気を疑って。はっきりと自分を拒絶して去った女を、どうして追わなければならないのか。変異していく彼女を見ながら、愛の限界を『緑園』で描いた。それで、終わりだ。

終わりだ、と思っていたのに、編集者は森の中で彼女を見たと言う。

琉生が自分との関係や、男女の果てない認識の違いに絶望してこの世から消えてしまったなら、まだ受け入れられた。有史以来、愛しい女に先に逝かれた哀れな男達は、こんな寂寥感を味わったのかと空想する余地すらあった。

しかし自分の知らないところで琉生が変わらず存在し、なにかを思い、なにかを行っているという可能性は、埜渡の内部に複雑な焦燥を掻き立てた。それは話が違うのではないか、と騙されたような気分すらある。

イメージがまとまらない。琉生の話を聞いたことで、いっそう混乱が増した感覚があった。埜渡は一つ息を吐き、ぐるりと首を回した。気がつけば窓の外が薄暗い。六時間ほど集中していたらしい。

すっかり硬直した背中を伸ばし、財布と着替えとタオルを持って家を出た。ここのところ運動不足だったので、近所の健康センターのジムで体をほぐし、それから飲みに行くことにする。

歩き出し、ふと、家の隣の土地が目に入った。いずれ仕事場を作るつもりで確保した土地だが、琉生がいなくなったことでその展望も白紙になった。地形的に今の住居がある土地とセットじゃないと売るのは難しい、という不動産屋の意見もあって保留にしてきたが、この土地の使い道も考えなければならない。

それにしても、いくら手入れをしていなかったとはいえ、空き地とはこんなにも早く雑木林に変わってしまうものなのだろうか。空き地から林が出現するまでの、途中の景色がまるで思い出せない。まあもともと、家の隣にちょっと気分転換の出来る森があったら素敵、という琉生の意見を汲んで、仕事場を作るまでは適当に植物を茂らせておく気だったのだ。大した問題はない。

健康センターへの道すがら、業者が付近の植え込みを剪定している姿がやたらと目についた。よく見ると、町のいたるところで植え込みや林が旺盛に枝を伸ばし、葉を茂らせ、それぞれの枠組みから溢れんばかりに膨らんでいる。軒先の植物が道路にのっさりと張り出している場所も多く、危ないことこの上ない。

しかし、夏の盛りならともかく、すでに秋も深いというのに不思議な気分だ。今年は植物の生育に適した気候だったのだろうか。

極めつけは健康センターの建物に隣接する楓《かえで》の並木道で、大規模な伐採作業が行われていたことだった。まさか市民にとって愛着の深い楓並木を切り払うのかと気色ばんだものの、よく見ると作業員は楓が植わった土から無数に生え出た別の樹木を慎重に切り倒し、根を掘り返していた。幹の色も太さも異なる様々な樹木が楓を窒息させんばかりに密集して茂る姿は、異様の一言に尽きた。

先々週——そうだ、確かそのくらいだ。前にジムに来た時はこんな風になっていただろうか。思い出せない。

「なんだい、こりゃあ」

伐採作業をしている作業員に声をかけると、白い手ぬぐいを頭に巻いた中年の男は渋い顔をして肩をすくめた。

「なんだもなにも、町中こうなんだよ。土中の微生物になにかあったのか、異様に育ちの早い外来種が入ってきたのか、雨の成分が変わったのか……こないだも学者が来て調べてたけどね。とにかく、切っても切っても生えてくるんだ」

疲れた様子で言って、男は作業を再開する。埜渡はまだ伐採されていない一区画の獰猛ともいえる植物の生育にしばらく見惚れ、健康センターへ入った。

小一時間ほど汗を流し、シャワーを浴びて外に出ると、空はすっかり暗くなっていた。さて、どこで飲もうか。餃子、イタリアン、焼き鳥、中華。思い浮かべつつ駅の方向へ歩き出す。さすがに日が落ちたら手元が見えなくて危ないのだろう、楓並木に茂った樹木のうち半分は伐採がされないまま、作業員達は引き揚げていた。

明かりがなくなると、生い茂った木々はまるで闇の塊のようだ。スローモーションの噴水さながら、土から空へ絶え間なく噴き出すエネルギー。薄い夜風に葉が揺れる。

眺めているうちに闇が一回り大きくなった気がして、埜渡は足早にその場を後にした。

駅前に向かう。赤提灯や手書きの看板が並ぶ雑多な通りでようやく人心地つき、今日の店を物色した。薄気味悪い想像をしたせいか、油っ気の多いジャンクなものが食べたい気分だ。

舌と脳の記憶をさかのぼり、あそこがいい、と思い浮かんだ店を、少し間を置いて理性が却下する。中年夫婦が経営する、線路脇の、テラスに二つほどテーブルを出した小さな居酒屋。塩辛を乗せたじゃがバターや七味の効いた唐揚げ、大雑把だがセンスのいい料理の数々がうまかった。

けれど、あの店にはもう行きづらいなあ。

どの店もいまいち惹かれず、気がつけば飲食店が並ぶ一角を通り抜けてしまった。仕方なく通い慣れた中華料理屋に入り、ネギラーメンと餃子で腹を満たす。

塗装が剝げた古いテーブルを見ながら、ため息が漏れた。

やっぱり、本腰を入れて新作を書かなければだめだ。『緑園』のプロモーション活動や連載中のコラム、書評、解説の依頼などでそれなりに忙しく過ごしてきたが、そろそろ居心地の悪さが限界に近づいてきた。

琉生がいなくなり、生活はずいぶんシンプルになった。一人分の食費や生活費は大した額にならない。子供だの仕事場だの先々の予定がなくなり、さらに『緑園』の重版が続いていることで貯蓄にも余裕がある。住宅ローンの返済は残っているが、一人ならそもそも家を維持する必要がないので、いざとなったら売り払ってしまえばいい。

琉生がいないだけで、どんどん身軽になる。発想と精神が際限なく若返り、脈絡をなくして漂い始める。結局のところ、女というのは錘《おもり》なのだ。口を開けばいつも正しさしかないことを言って、人生だの生活だの愛情だの義務だの、人を簡単に殴り殺せそうな重苦しい概念を当然のように押しつけてくる。高いところからジャンプするだけでヒーローになれた日曜日の公園のような、分かりやすい居場所を与えてくれない。

でも、それでよかったのだろう。正しくてうっとうしい錘があるからこそ、自分が良いのか悪いのか、浮いているのか沈んでいるのか測ることが出来る。日が暮れても家に帰らず、永遠に公園で遊び続けるのは楽しくても怖いことだ。いつのまにか幽霊になっていたって、誰にも気づいてもらえない。

女という錘をなくした以上、せめて原稿くらい書いていないと、これまで苦労して作り上げてきた埜渡徹也という人間が薄れて消えていくような気分だった。書きたい。書き始めて、楽になりたい。

だけど、物語の入り口が見つからない。道を歩いているときも、ジムでトレーニングをしているときも、ラーメンをすすっているときですら、ずっと小説のことを頭の隅で考え続けているのに。堂々たる戦いの物語は冒頭の数行を書いただけでも、そこはかとない陳腐さを臭わせて瓦解した。

代わりにまぶたに浮かぶのは、愛していた、だから許せない、などと支離滅裂なことを口走りながら人間でなくなっていった琉生の姿だ。

あれは、面白かった。忘れられない。胸を締めつけるような愛しさすら感じた。恋愛小説は、本来なら女性作家の領分だと埜渡は思っている。一つ二つ力量を示すつもりで書くならともかく、男ならそれ以外によりテクニカルかつ社会的な、骨の太い得意分野を持つべきだ。『涙』や『緑園』が褒められるたび、嬉しさと同時に苦々しさも感じてきた。違う、あれはただ息抜きで、本当はもっと違うものが書けるんだ。

そう、あらがってきたけれども、どうやら自分はまだ琉生から逃れられないらしい。森の奥でなにか支度をしているなら仕方ない。迎えに行って、また彼女で一つ書こう。

レモンの香りがする氷水で口中の油っぽさを洗い流し、埜渡はしかめっ面で席を立った。

二階の寝室の扉を開けて、まず、うんざりした。

なんでこんな面倒くさい状況にわざわざ飛び込まなければならないんだ。視界を遮る鬱蒼とした木々も、足に絡みつく雑草も、なにもかもが琉生との口喧嘩が極まったときの深夜のリビングを思い出させた。

なんで？　どうして？　どうしてそんなことがしたいの？　答えようのない問い

かけが雨あられと投げかけられ、埜渡は不快さと後ろめたさを噛みしめて沈黙する。日常の些細な約束を忘れたり、彼女が体調を崩しているときに知人と飲みに行ったり、言動をときに小説のネタにしたり、流れでちょっとした浮気をしたり、確かに褒められた話ではないが、どうして、と聞かれたって、そうなったから、としか答えようがない。どうして、どうして、どうして、どうして。

女が放つ「どうして」からは、お前自身を解剖し、醜い部分を切除しろ、という野蛮な気配を感じることがある。正しさだけで人間を構成できると信じているような、無意識の傲慢が漂っている。最後には面倒になって、仕事をするからと書斎にこもるのが常だった。廊下や別の部屋から響いてくる泣き声に、本当に辟易したものだ。

目の前の森は、その思い出したくもない数々の愁嘆場、眠ることも逃げることも許されない真夜中と同じ陰気に満ちていた。

いやすぎる。

寝室の入り口付近でしゃがんで、静かな森を眺めた。屋内だというのに、森は不思議と数メートル先まで見通せるくらいには明るく、わずかながら風も通っている。

きっと、奥の窓が開いているのだ。そう言えば、だいぶ前に外から見て気になった覚えがある。もっとも、すぐに青々とした蔓《つる》と葉が窓枠や外の手すりを覆い尽くし、窓そのものが見えなくなった。

この森には虫がいない。動物もいない。命の気配がまるでない。それなのに確かに息づき、震え、存在を拡大している。いったいなにが生きているのか。

もちろん、琉生だ。

森へ歩き出すことは、彼女の内部へ歩き出すことと同じだ。

行きたくない。どうせまた、答えようのない正しい非難を浴びせられるだけだ。

ああ、でも、行かなければ。原稿が書けない。

埜渡はデニムのポケットに両手を差し込んだまま、背を丸めて森に分け入った。

歩き出してすぐに後悔する。十畳の寝室が、どうしてこんなに馬鹿馬鹿しい奥行きを持っているのだ。

藪をまたぎ、枝をかいくぐり、いくら歩いても、数歩の距離で着いたはずのベッドに届かない。呼吸の音と、自分が動くことで生じる葉擦れの音しか聞こえない空間は、次第に時間の感覚を麻痺させていくようだ。

しかし単調な森歩きにも区切りが見えた。柔らかく、ときに攻撃的な曲線が集まって作られる有機物の群れのまっただ中に、明らかな意志を持って切り取られた直線の集まり、分かりやすい人工物が現れた。古びた石を組み合わせて築かれたそれは、幅二メートルほどの階段だった。しかも、下り。

森に、下り階段？

いや、確かにこの寝室は二階だから下ったっておかしくはないのだが、この階段が一階の、たとえばリビングやキッチンに通じているとは考えがたい。

そしてなにより、視覚的にただの森として認識していた場所にいきなり石の階段が現れ、地下の空間、ひいては自分がなんらかの構造物の上に立っていることを示唆されると、ひどく混乱した。

階段の奥は暗くて見通せない。しかし編集者が言っていた、琉生の作っていたものとはこの階段のことだろう。埜渡は顔をしかめつつ、壁に手を当てて階段を下りた。森を満たしていた薄い光が遠ざかり、指の先まで闇に沈む。どこからか音が聞こえた。重たげな機械が一定のリズムを刻んで遠ざかる音だ。

なんだっけ、いつもならすぐに思い浮かぶのに頭が鈍い。さらに数段下って、そうだ電車だ、と思い出した。

打ち合わせから、電車に乗って帰ってきたんだ。疲れたし、どこかで一杯引っかけて帰ろう。

一段、二段、三段と軽快に階段を下りる。

気がつくと、埜渡は最寄り駅の改札口から地上へ向かう階段の途中に立っていた。赤紫色の夕焼け空の下、黄昏時の薄い影に覆われた人々が忙しそうに駅前を行き来している。糸で引かれるようにするすると、線路脇にある一軒の居酒屋に向かった。

裏返したビールケースを並べ、その上に板を乗せてテーブル代わりにした薄汚い青空席をすり抜けて店内に入る。まだ宵の口だというのに、盛況だ。カウンターの隅の席が辛うじて一つ空いている。

スツールを引いて腰を下ろすと、黒いエプロンを着けた小太りの中年女がおしぼりを持ってきた。キョウノオススメハの声に続いて告げられる料理名が、喧噪にかき消されて聞こえない。なんでもいい、なんでもいいよ、と曖昧に手を振って追い払う。カウンターを挟んだ調理場では、無口な旦那が揚げ物をしている。

ビールやサワーを大量に載せたお盆を手に、店の奥から若い女が出てきた。白いTシャツにデニム姿で、中年女と同じエプロンを着けている。肉づきは薄いものの、引き締まった体は心地よい弾力を連想させて目を誘う。なにかスポーツでもやって――いない。もう知っている。この店は調理場の作業台が狭く、野菜の皮むきなどの下ごしらえを、膝にボウルを乗せてしゃがんだ恰好でやることが多かったらしい。他にも食材の上げ下ろしや、中腰での作業の多さから自然と体が鍛えられていった、と笑い交じりに言っていたのを、覚えている。

女は、琉生だった。まだあどけなさの残る二十歳前後。毎夜店に通って、口説いていた頃の彼女だ。店を経営する中年夫婦は、文化人の肩書きに弱かった。自分と彼女ではだいぶ年が離れているのに、病死した親戚の娘だという琉生との交際を、手放しで喜んで認めてくれた。

なにを飲み食いしたのか、よく分からない。なんでもいいと言ったから、適当なものが届いたのだろう。なにかを飲んで、食べた、という漠然とした疲労感だけが体に残っている。

店を埋め尽くしていた客は次第に消え、気がつくと神妙な顔をした店主夫妻が琉生を連れて傍らに立っていた。黒いエプロンの女が、すまなそうに肩を縮めて口を開く。

「埜渡さんね、言いにくいんだけど、うちも困ってるのよ。つきまとい……今で言うところのストーカーかしらね、そんな感じの人がずいぶん増えちゃって。もちろん、お客として来てくれるならいいのよ？　ただ、外からこっそり店内の写真を撮ったり、出てくる女性客に『あなたがルイでしょう？』なんて声をかけていやらしいことを言ったりする人も多くて……今日も、もううちには来ませんって涙ぐむお客さんが出ちゃってね。それで……」

琉生をもう出勤させないで欲しいの。口ごもっていても、女の言いたいことは分かった。すでに言われたことがあるからだ。

しかし、おや、と少し思った。このやりとりが出たのは確か結婚して、『涙』が発売された後のことだ。前後の脈絡がねじれている。

二人の新婚生活は、埜渡が暮らす1DKのアパートに琉生を迎え入れて始まった。清貧を絵に描いたような暮らしぶりだった。端的に言ってしまえば、部屋が狭い。琉生がいると落ち着いて原稿が書けないので、自分の頭が冴える昼から深夜帯までは外出していて欲しい。そういう意味で、琉生の職場が親族経営の居酒屋であることは、この上なく都合がよかった。

「お言葉ですが、なんどもご説明しているように、これはリテラシーの話なんですよ。わざわざ『この物語はフィクションです』なんて但し書きがなくても、小説がただの創作物であることなんて、一般的な読解力のある人間にとっては当たり前のことです。そうじゃなかったらミステリー作家は全員殺人を犯し、恋愛小説作家は全員不倫していることになる。そんなわけがないでしょう？　それなのに、ちょっと町や登場人物の勤め先の描写をしただけで『これは作者の実生活そのものだな。よーし妻にちょっかい出しに行こう』なんて考える輩《やから》は、すべて、頭が、おかしいんです。そんな一部の頭がおかしい奴らのために、どうして私や琉生がライフスタイルを変えなきゃいけないんですか。不審な奴はみんな通報しちまえばいいんだ。それに、本だって永遠に売れるわけじゃない。放っておけば、こんな馬鹿騒ぎすぐに収まりますよ」

「で、でも、ドラマにだってなるんでしょう？　これ以上来られたら私らもね……」

中年女は助けを求めるように旦那を振り返る。埜渡はその怯えた狸のような女の挙動に懐かしさの混ざったおかしみを感じた。

自分よりも上の世代の夫婦は、だいたいの妻は夫の腹話術人形だと埜渡は考えている。妻の口から出てくるのは夫の意見を希釈し、世間体を鑑みて角を取った言葉ばかりで、妻そのものには意見がない。そして妻が夫に替わって説得しなければならない外部がその主張を突っぱねた時、妻たちはまるで芸に失敗した動物のような寄る辺のない風情を見せる。不安げにまごついたり、やけに頑迷に嚙みついてきたりと反応は様々だが、共通しているのは、彼女らはいつだって外ではなく、己の背後の存在の機嫌ばかり窺っているということだ。

あからさまな動揺を見せる中年女とは別に、琉生はまるで自分のことを話されていることすら分かっていないような顔で、育ての親と埜渡を見比べている。彼女のこういった無垢な性質も、埜渡は気に入っていた。奔放で、古い世代のつまらない約束事に縛られない。羽化したばかりの蟬や蝶を連想させる、柔らかさとみずみずしさを備えている。

女たちはいい。彼女らは多少のあらがいは見せても、基本的に埜渡を正面から攻撃する発想を持たない。しかし、この空間にはもう一人、厄介な存在がいる。

「なあ先生、ぐだぐだややこしいこと言ってっけど、てめえの嫁を守るのにそんなに大げさな理由が必要か？　金だってだいぶ稼いだんだろう。こんなボロい店で働かせないでさ、家に入れて、子供でも作って、のんきに子育てさせてやれよ」

そうしないお前は腰抜けだと言わんばかりの、粗雑に叩き潰すような口調だった。

琉生を家に入れるなら引っ越しをする必要があり、子育てを視野に入れた物件に入居するなら借りるより買った方がマシかもしれず、そうなるとかなりの額が口座から消えることになる。デビューから長らく低迷し、辛抱の末やっとヒットに恵まれて、これから少しは遊びを嗜もうと期待していた身には辛いところだ。

これまでタダ働き同然で使ってきたくせに、少しでも厄介さを感じたらもう追い出すのか。そう言いたくなる衝動をこらえて平静を保つ。侮蔑《ぶべつ》の混ざった精神論は、口先でかわすのが難しい。下手に論理でさとそうとすれば、逃げやがってと笑われる。こちらが言葉を飲む姿に中年女は満足げに頷き、信頼のこもった眼差しを己の伴侶へ向けた。腹立たしい。

そうだ、これで結局、琉生の退職について話を聞かざるを得なくなったんだ。

店を出た帰り道、並んで歩きながら隣にいる若々しい琉生の横顔を覗き見た。喜怒哀楽の読み取れない、さっぱりとした淡い顔をしている。

しかし、わざわざこんな過去の一幕を見せつけてきたということは、彼女は親戚夫婦が営む居酒屋を、辞めたくなかったということか。そうならそうと、あの時に言えばよかったのに。今になって蒸し返すなんて執念深い話だ。

「もう気が済んだだろう?」

声には、俺にこれだけいやな思いをさせたんだから、という疲れもにじんだ。

琉生は目を見開き、唐突に走り出した。驚いて駆けだした兎のような、迷いのない疾走だった。

「おい!」

白いTシャツの背中が向きを変え、飲食店が入ったビルの地階へ向かう階段を下りていく。苛立ちを押さえ込んだ早足で、埜渡はその背を追う。

堅く密度のあるコンクリートの階段が、途中から軽い踏み心地に替わった。内部に空洞のある、柔らかい木の感触が足の裏に伝わる。

足の裏? 怪訝に思って足元に目を落とすと、いつのまにか靴が消えて、白い木綿の靴下だけになっていた。細い木の階段は続いている。先にほんのりと明るい光が見える。埜渡は階段を下った。

下りた先は、埜渡の一族が経営する呉服店「まといや」の一階だった。店の入り口には、きつめだが美しい顔立ちをしたセーラー服姿の女子生徒が、居心地悪そうに肩をすくめて立っていた。

ああ、もう名前も思い出せない。

埜渡は反射的に口角を上げ、二階を指さした。

「だいじょうぶ、行こう」

「やっぱりいいよお……おうちの人に悪いし」

「なに言ってんだよ。驚くし、楽しいから。ほら早く」

女子生徒の手をとる。そうだ、このとき初めて触れて、嬉しかった。学年で一番悪ぶっている彼女の手はおろしたての石鹸みたいにすべすべしていて、簡単に手の中に収まった。軽く握って、二階へ引っ張っていく。気がつくと自分は懐かしい黒の詰め襟を着ていた。

まといやは、問屋街の端にある三階建ての小さな店だ。一階がレジと小物売り場で、二階が着物と帯を合わせる試着室、三階が倉庫となっている。店は第一、第三木曜日が休みで、得意先との打ち合わせや仕入れなどで店が無人になるタイミングを見計らって、埜渡はよく目星をつけた女子生徒を二階の試着室に連れ込んだ。

広々とした畳敷きの試着室の壁面には、一つ一つの引き出しが浅い衣装用の桐簞《きりだん》笥《す》が並べられている。生地や小物を並べた棚や、明日の朝イチで着付けを行うのだろう絵羽《えば》模様の訪問着を広げた衣紋掛け、突っ張り棒をしてハンガーで引っかけた数十枚のレンタル着物など、とにかくこの部屋はいつ来ても色彩にあふれている。部屋全体に漂う雅な雰囲気に圧され、初めて連れてきた女子生徒は大抵息を呑み、入り口で立ち尽くすことになる。

「おいでよ。緊張しないで。——そうだな。初めは淡い色から合わせてみようか。でも君は顔がきりっとしていて涼やかだから、大人っぽい深い色もきっとかっこいいぜ」

簞笥からいくつかの着物を取り出し、彼女の肩に合わせてみる。埜渡には子供の頃から不思議と目の前の女がどんな装いをして、どんな振る舞いをすればもっとも魅力的になるのか、直感する力が備わっていた。幼稚園に上がる前から着付けをする母親の周囲をちょろちょろと動き回り、この帯がいい、この小物を合わせろと提案しては、お前はセンスが良いね、と頭を撫でられたものだ。反対に六つ年上の兄は外遊びが好きな活発な性格で、和服よりもロボットや怪獣の方が好きだった。

着物と帯を選んだ後は、夢のまっただ中にいるような女子生徒の制服を脱がせ、貸し出し用の肌襦袢《はだじゅばん》や裾よけを着せて、てきぱきと着付けを行っていく。その悪ぶっている女生徒には、晴れ渡った秋の空を思わせる爽やかな白群色《びゃくぐんいろ》の江戸小紋に、シルバーグレイの花模様が織り込まれた桑の実色の帯を合わせた記憶がある。

「男なのに着付けが出来るなんて変じゃない？」

衣ごしとはいえ、体に触れられるのが照れくさくなったのか、彼女は従順に両腕を浮かせたまま、そんな悪態をついた。

「馬鹿だなあ、時代劇だったり、歌舞伎だったりでは男の着付師も多いんだぜ？うちの親父も、近所の劇場に時々手伝いに行ってる。男の力でしっかりと締めた方が、帯が緩まないんだ」

ここで「まあ今日はすぐにほどくんだけどな」と付け足すと、女子たちの反応は二つに分かれた。気味の悪いことを言うなと怒るタイプと、やけに恥ずかしそうにするタイプ。後者は脈があって、着付けを終えてから軽い手出しが許された。

帯を締め、髪を整え、唇に軽く紅を引いた彼女は、今までに見たどの瞬間よりも魅力的だった。新たな装いに慣れていないこと、その謙虚さも肝要だ。埜渡から見ると、和装についても、半端な知識がついた途端にコーディネートが作為的になる女が多い。こう見られたい、ああ見られたい、といった生臭い欲が媚態となって発されるようになる。そうではなく、肉体が生まれ持ったありのままの美しさを引き出したいと思う。それに、同世代の少女らの価値観を塗り替えて、一輪の花に変身させることは楽しかった。実際の性行為よりももっと背徳的な官能の匂いがした。

「綺麗だよ、すごく」

画一的で野暮ったい制服姿には言えないことを真心を込めて言う。少女たちはいつも照れくさそうに唇をむずつかせた。持っておいでと伝えておいたインスタントカメラで立ち姿を撮影し、名残惜しさを感じつつ帯をほどいていく。

「ね、埜渡くんさ……」

「ん？」

体をねじってこちらを向いた彼女が唇を押しつけてくる。紅の香りがするそれを味わい、しわになるからダメだよ、などと笑い含みにじゃれあいながら、手早く着物を脱がしていく。布地を掻き分け、体の柔らかい部分に手を伸ばすと、彼女は子猫のような鳴き声を上げた。

施錠をしておいたはずなのに、一階の入り口のドアが開く音がした。ぎしり、ぎしり、と階段を軋ませ、重たげな足音が上ってくる。

「誰か、いるのか……？」

響いたのは、兄の声だ。慌ててかき集めた小物と一緒に、衣紋掛けに広げられた訪問着の裏で息をひそめる。近い距離にある少女の顔は悪戯っぽく輝いていた。音を立てないよう慎重にキスを続け、体を探り合う。どんどん彼女の肌が熱くなっていく。

ふいにぱっと部屋の電気が消えた。兄はまた階段を軋ませて帰っていく。どうやら試着室の照明がついていることを不審に思って見に来たようだ。誰かの消し忘れだと思ったのだろう。

再び一階のドアが閉まり、外からの施錠音に続いて気配が遠のくのを確認して、二人で笑い転げた。

「今の、お兄さん？」

「そう。じゃがいもみたいな顔した女っ気のない奴でさ、着物の着せ方も脱がせ方もたぶん知らない」

「じゃあ埜渡くんがこのお店を継ぐの」

「さあ、わからないけど」

でもあの朴念仁《ぼくねんじん》には無理だろう、という侮りが埜渡の中にはあった。兄は店の経理を手伝っていたが、埜渡は店が混み合っている時には目利きの客の相手を任され、商品について説明することがあった。どちらの方が店主として有望かは明らかだ。

そう、思っていた。心から。大学を卒業した兄が店を継ぐ、という話を聞くまでは。

その時、連れ込んだ女が試着室にピンを落としていったかなにかで、自分は放蕩を母親に叱責されていた。年が明けたらお兄ちゃんのご挨拶回りもあるんだから、と母親がなにげなく零した一言に、怒りで全身の毛穴が開くのを感じた。

「どうしてあんな、色合わせもろくに出来ない奴に」

俺の方が才能がある、と口にするのは癪で、ひたすら兄の悪口を言った。母親は静かな目で自分を見返した。

「確かにお前が提案する着こなしは美しいよ。このあいだの議員の娘さんのコーディネートも、難しい柄入りの半襟や、持ち込みの帯留めの使い方まで、そりゃあ見事だった。……だけどね、お前は人間を見るまなざしに、どこかしら冷たいものがある」

「そっ……そんなの、言いがかりだ！」

「美しいものが好きなんだろう？　お前の合わせ方を見ればすぐに分かるよ。それぞれのお客の人生、苦労、喜び、目標……そういったものへの興味や親しみがないんだ。まるで人形を扱うように、その人間の容姿だけを見て着せ替えをし、自分が思う美しさを表現している。それは、商売人の仕事じゃない。それならいくら手つきがおぼつかなくともお客の人生に共感し、美しさではなく納得を追い求めて、お客と一緒に着物を選んでいくお兄ちゃんの方がずっと家業に向いているよ」

言葉を失って畳を見つめる息子になにを思ってか、母親は埜渡の肩をつかんだ。

「いいかい、家業には向いていない、っていうだけだ。お前には確実になにかの才能がある。お父ちゃんにもお兄ちゃんにもない特別な力だ。それを生かす方法を探しなさい。……冷たいと言ったのは言葉が悪かったね。冷静なんだ。情で動かない。他の人間なら臆して捨てられないものを捨てられる力だ。お前のそのまなざしが、冷たいではなく、冷静で頼もしいと受け止められる場所が必ずある」

噛みしめるように言って、母は席を立った。

ああ、このときは辛かった、とうなだれている少年とは違う視点で埜渡は思う。母親に人間性を批判されることは、鋭利な錐《きり》で、肉どころか骨の髄まで突き刺されるような心寒さを伴った。せめて父親から言って欲しかった。母親には自分を分析し、裁定するなんて、残酷なことをして欲しくなかった。

「残酷じゃない、これだって愛情だよ」

高くて耳に甘い、女の声が背後から響く。振り返ると、衣紋掛けに広げた訪問着の裏から、一人の女が顔を出していた。

知っている女だ。薄い体と短く整えられた髪は少年めいているが、顔立ちはほのかに甘く、どこか夏の野原を思わせる。すぐに名前が浮かびそうなのに、不思議とつっかえて出てこない。忘れてはいけないのにと、もどかしくなる。

女は顔を曇らせた。

「冷たいっていう言葉以外、聞こえなくなっちゃうんだね。お母さんはあなたを大切にしていたと私は思う。だからこそ冷静って言い換えたんじゃない」

「それでも、あの人の中にまず浮かんだ言葉が『冷たい』だったことには変わりない。そこから先は理性の話だ。理性でいくら口を濁しても、反射で、本能で、あの人は俺をいやがったんだ」

解決しようのない古い痛みに貫かれて動けない。すると、女が血の気の引いた手をつかんだ。力を込めて、埜渡を引っ張り上げる。

「本能からくる愛より、理性で保とうとする愛の方がずっとむずかしくて立派だと、思う」

「お前になにが分かるんだ」

「分からなくても、なるべく分かりたいって思うよ。そういう誓いをしたんだから」

女に手を引かれ、埜渡は階段を下りた。一階まではほんの数メートルのはずなのに、階段はずいぶん深くて長い。幅が狭いため先に女、後ろに自分、と並び、お互いに少し体をねじって手をつなぎ続ける。

二階の明かりが遠ざかり、視界が暗くなった。とん、とん、と眠たくなるような規則正しい足音を刻んで、一定の速度で下っていく。女のてのひらの温度だけが生々しい。

そんな誓いを、したんだったか。

したような気もする。もっとも自分はそんな風には解釈していなかったが。

周囲の見えない真っ暗な道を二人で行く、この世で一対の存在であるという誓い。

そういうことにしよう、という約束。

うっすらと女の手を握り、長い間、下り続けた。

足元の方向から、弱い光が近づいてくる。段を下りるごとに視界が開け、目に飛び込んできたのは見覚えのある日本家屋だった。

天井が高く、廊下の幅は広い。隈無《くまな》く磨かれた床と柱。玄関には、水を流したように光る黒漆に、金粉で見事な牡丹《ぼたん》が描かれた蒔絵の衝立。レースの花瓶敷きの上に置かれた、年季の入った黒電話。

おじいさまの家だ、と理解した途端、頭に喜びが弾けた。長く走りがいのある廊下、たくさんの和室に飾られた気味の悪い鳥の剝製、あちこちに収納されたよく分からない古道具の数々。探検しがいのあるこの屋敷で、同年代の従兄弟《いとこ》たちと遊ぶのが大好きだった。

「あれま、おててつないで、かわいい恋人さんだこと」

お盆に山盛りの料理を載せた割烹着《かっぽうぎ》姿のおばさんが、目を細めて通り過ぎていく。そう言われてやっと、手をつないだままだったことを思い出した。

振り返ると、そこには大きな目をまん丸くしたおかっぱ頭の少女がいた。小学校に上がるか、上がらないかぐらいだろう。おもちゃみたいな小さな手で、自分の手を握っている。

その少女の手と、自分の手の大きさが、変わらない。

「てっちゃん！　探検しようぜ、探検！」

賑やかな笑い声があふれる大広間から飛び出してきた少年が、聞き覚えのある声で自分を誘う。

恥ずかしい、ととっさに思った。こんな、女の子と手をつないでいるところを、従兄弟たちに見られるなんて、恥ずかしい。羞恥が全身を駆け巡り、つないだ手を振り払った。

少女の唇が「あ」の形に動く。振り払った埜渡も、下腹の辺りがひやりとした。だけど、探検だ。探検、探検、探検、と半ズボンから伸びた膝小僧がむずつく。

大広間に料理を置いてきた割烹着のおばさんが、少女の背中に手を当ててにこやかに言った。

「てっちゃんあのね、おじさんたちだいぶお酒が回ってきてるてね、これからみんなにお茶を出すのよ。この子にはお茶を運ぶのを手伝ってもらうから、あっちでみんなと遊んでてちょうだい。ね？」

ね？と問いかけながらも、おばさんの手はすでに少女の背中を押している。二度、三度とこちらを振り向き、少女はまごつきながら食べ物の匂いと水蒸気、女たちの声で満たされた台所に連れて行かれた。

その子がいなくなって、ほっとした。これで自由に探検できる。

靴下を脱ぎ、裸足で従兄弟と追いかけっこをしながら屋敷を駆け回った。床の間に飾られたおじいさま自慢の日本刀に見とれ、金ぴかの懐中時計に耳を当てる。広い畳敷きの部屋でひたすらでんぐり返り、さらにはカンフーごっこをして、酸欠で咳が出るまで笑い続けた。楽しかった。久しぶりに頭の中がすっきりと、きれいになる感じがした。

だけど、落ち着かない。いくらはしゃいでも、笑っても、言いつけを一つ忘れているような心もとない感じがする。

「ちょっと、トイレ」

そう言って、長い廊下を走って戻った。ちらっとでいい、さっきの少女がどうしているか見たい。出来れば笑っていたらいい。

大広間のおじさんたちはすっかり酔っ払って、顔中の筋肉がゆるんだ妖怪っぽい顔になっていた。笑い声が大きく、身振りも派手で少し怖い。おうテツ公、どうしたどうしたと強い力で頭を鷲づかみにされる。そのまま食べられてしまいそうで、思わず体を引いた。

「女の子を見なかった？　俺と同じくらいの背丈の、目がくりっとした子。お茶を運んできたと思うんだけど」

酒臭い集団に呼びかけても、オンナノコ？　なんだぁ色っぺえ話か？　オンナノコだってよぉ！　と波だった笑い声が返るばかりで、まるで反応がない。不気味なことに大広間に細長く並べられたテーブルが、廊下よりもさらに長く、どんどん奥へ伸びていく。酔っ払いのちょっかいをかいくぐり、いくら走っても少女は見当たらない。

焦る気持ちを飲み込んで、台所へと走った。自分の三倍くらいの背丈がある巨大な女たちがやかましくしゃべりながらものすごい速さで料理をしていた。さばいて、焼いて、蒸して、炊いて、手際よく盆に並べた料理を次々と大広間へ運んでいく。女たちの顔を見上げていると、時々記憶の糸が弾かれる。あのおばさんは皮肉屋で、あのおばさんは意地が悪い。あのおばさんとあのおばさんは、いつも親族の悪口ばかり言っている。恐ろしい予感に体が冷えた。

ああ、あの子は、あの女の子は。

琉生、は、けっして器用なたちではないのだ。考えるのが遅く、口下手で、飲食店に勤めていただけあって基本的な配膳や下ごしらえは出来るが、得意と言えるほど手が早いわけでも、機転が利くわけでもない。料理や裁縫といったある種の繊細さが必要な家事は、埜渡の方がうまいくらいだった。

要領の良い自分ならともかく、こんな殺伐とした場にあの子がいたら、きっといじめられてしまう。馬鹿にされ、小突かれ、おどおどと周りを見回す姿を思うだけで、胸が張り裂けそうに痛んだ。

「ねえ、あの子がどこに行ったか教えて！」

呼びかけても、女たちは潮騒のようなおしゃべりをやめない。子供の声など届かないのだ。

だめだ、台所にいても大広間にいても、あの子はきっと怖い思いをしている。早く、早く見つけなければ。二人でこの屋敷を出るんだ。焦りと息苦しさが限度を超え、埜渡はその場で地団駄を踏んだ。

「僕とあの子で約束したんだ！　一緒にいなきゃだめなんだ！　お茶なら僕が運ぶ、手伝いならなんだって、あの子よりずっと上手にやってみせるよ。だから返して！返せよ！」

目の前の景色が揺らめいた。妖怪めいた男たちも、巨人のような女たちも、割れたガラスのように砕けていく。気がつくと埜渡は大声で泣いていた。次々にあふれる大粒の涙が、頬を濡らし、首筋までしたたり落ちる。

ふいに、生温かい涙のひとしずくが、頬ではなくこめかみの方へと伝い落ちた。生え際で球体を崩し、髪を濡らして頭皮に染み入っていく。

そこで、肉体が目を覚ました。

ゆっくりとまぶたを開く。化け物屋敷の残像をまばたきで払い、ベッドに横たわったまま天井を眺めた。なんの変哲もない、淡いクリーム色の壁紙が貼られた、寝室の天井だ。全身が岩のように重く、強《こわ》ばっている。こめかみの辺りが生温かい液体で濡れている。

「泣いてたね」

穏やかな呼びかけに続いて、目尻の涙がぬぐわれる。

うん、と頷き、顔を向ける。

ベッドの隣のスペースには、パジャマ姿の琉生が寝そべっていた。

音が遠ざかる。跳ね起きて、思わず周囲を見回した。

森がない。あの妖しい木々はきれいさっぱり消えて、ただの見慣れた夫婦の寝室がそこにあった。なんだ、なにもかも夢だったのかと安堵し、すぐに、どこからが夢だったのか分からなくなる。

目の前にいるのは結婚し、自分と共に年をとった正しい年齢の琉生だ。彼女は埜渡の涙で湿った指を幾度かこすり、頭を預けた枕の下へ差し入れる。こちらを見つめる黒い鏡のような瞳から涙がこぼれた。

5

視界がゆっくりとぼやけ、にじみ、まばたきと共に目の端から水分があふれて、晴れ渡る。

まるで懲《こ》らしめられている孫悟空だ、と埜渡琉生《のわたりるい》は思う。伸縮する鉄の輪で頭を締め付けられているみたいに、こめかみと鼻の付け根、目頭が熱をもってじんじんと痛む。この人から離れよう、と訴える理性の輪と、できない、と喘《あえ》ぐ肉体と、その双方が救いようもなく自分だった。

どうして私は、私のことなどこれっぽっちも考えていない、この埜渡徹也という人間を愛することをやめられないのだろう。

どうしてなにも問題を理解していない子供の、たった一度の地団駄が、千の失望を越えて心を打つのだろう。泣いてる、かわいそう、嬉しい、抱きしめてあげたい、と脈絡のない衝動を掻き立てるのだろう。

なにも問題は解決していない。だってほら、私の涙を見た夫は安心したように表情を緩めている。

「泣くなよ。さあ、家に帰ろう。さみしくさせて悪かった。これからはずっと一緒だ」

徹也はいつも自分が許されている前提で話す。琉生を、自分が許しを請うべき他人だと思っていない。

「店を辞めたくなかったんだよな。分かるよ、あれは理不尽だった。おじさんを説得できたらよかった。今からでも、好きに働きに出るといい。な?」

琉生は徹也のことを、優しくて賢い人だと思っている。ほとんど記憶のない両親よりも、気を使うことの多かった伯父夫婦よりも、徹也から与えられたものの方が多く感じる。

伯父夫婦にはそれほど経済的なゆとりがなく、十代の半ばから店を手伝い、学ぶ機会をあまり持たずに育った琉生は、自分のことをあまり頭がよくないと思っていた。賢さというものに説明しにくい畏怖があった。

だから新旧様々な本が壁を埋め尽くさんばかりに並んだ書斎に案内され、なんでも好きに読んでいいよ、と促されたときには嬉しかった。どの本を選べばいいか分からずに本棚の前に座っていたら、徹也がそのうちの一冊を引き抜き、差し出してくれた。文体が平易な女性作家のエッセイ本で、出てくる料理がやけにおいしそうで、夕飯作りがはかどった。

一つ気に入った本が出来ると、「じゃあ次はこれがいい」「まったく正反対のことを言っているのはこの作家で」と徹也は自然なエスコートで琉生の思考の幅を広げた。彼は教えることも、与えることも得意だった。

だけど、そんなに優しくて賢い夫と、どうしてこうも会話が噛み合わないのか、琉生はもうずいぶん長い間、分からない。疑問を挟めば挟むほど、論点は奇妙な場所へ滑っていき、琉生はただの一度も、自分の意思が徹也に届いたと感じることがなかった。

そもそも、琉生よりも徹也の方がはるかに弁が立つのだ。会話の途中で「君は要するにこう言っているのだろう」と徹也はよく琉生の意見を総括する。少しずつ少しずつずれていく、と思いながら、琉生はそれを言葉で制することが出来ない。

いつしか琉生の涙は止まっていた。泣くこともせず黙ったままの妻に眉をひそめ、短く天井を見上げた徹也はため息を吐いた。物憂げに首筋を搔き、さも言いたくなさそうに渋々と口を開く。

「本当は、子供が出来なかったことをずっと気にしてるんだろう?」

ああそうだ、子供のことも、結局ずっと堂々巡りだった。琉生はまばたきをして、徹也を見返す。彼は顔をしかめて続けた。

「確かに僕らの間に子供がいれば、君もこんな変な森にならずに済んだかもしれない。そんなことを考える暇も無かっただろうしね。仕事ばかりで放っておいたのは悪かった。ただ、僕の仕事も今が踏ん張りどころだ。家のローンだってある。……なあ、だから、愛情を注ぐ相手が欲しいなら、いっそ犬でも飼わないか?」

琉生はやっぱり、徹也の言っていることが分からない。犬? どうして犬が出てくるんだ?

そもそも、子供を欲しがっていたのは徹也だった。実家から届いた年賀状の写真に赤ん坊の姿を見つけて以来、生き物は次世代に遺伝子を引き継ぐことで完成するなどと折に触れて口にするようになった。出産という神秘を体験するべきだ、時期を逃して後悔しても遅いんだよと叱咤され、そういうものか、と琉生も了承した。しかし半年経っても妊娠の兆候は見られず、自分たちは自然妊娠しづらいのかと思った。婦人科を訪ねようとした琉生は徹也に止められ、そのまま子供の話は曖昧になった。

徹也はしゃべり続けている。

「自然に授からないなら素直に夫婦二人の生活を楽しむべきだって思ってたけど、きっとこういうのは女の人の方が辛いものなんだな。配慮が足りなかったよ」

前と言っていることが違う。

不妊治療を考えていると相談したとき、さも嫌そうなしかめっ面で言われたのは、犯人捜しをしても仕方がないだろう、だった。振り返っても、やっぱり会話が嚙み合っていない。

なにかがずっと、おかしい。

それは小説に書かれるか書かれないか、働きに出るか出ないか、子供がいるかいないかよりもずっと深刻なことなのに、徹也は永遠にそれを認識しない。自分たちの関係性において、語る力を持つのは徹也の方で、だから徹也が認識しない問題はそれがどれだけ重大でも存在しないことになる。

行き止まりだ。

やっぱりだめだ、だめなんだ。

脳に埋め込まれた金属の壁に阻まれ、その先が考えられない。琉生は両手で頭を抱えた。悲しみで体の内側が真っ黒に染まる。自分がもっと賢かったら、二人の問題点を的確に指摘して、徹也を説得し、状況を変えられたかもしれない。

でも、出来ない。出来ないのに、あきらめられない。こんなおかしな場所でもう生きていたくない。どこかに出たい、どこかに出たい。

背中の皮膚がぷつりと爆《は》ぜた。体の内側に折り畳まれていた無数の衝動が、堰《せき》を切ったようにあふれ出す。ずるずると驚くほど伸び、茂り、広がっていく。

琉生は再び全身の毛穴から緑の芽を生やし、ひとかたまりの藪になった。

「もうその曲芸にも飽きたな」

寝台のヘッドボードに頬杖をつき、徹也は白けた様子を隠さずに呟く。

「すぐにヒステリックになったり、泣いてみせたり、病んでみせたり、そんな醜態を武器として使うのは卑怯なことだよ。学びなさい。最低限の社会性がないと、そもそも話すら出来ない。女性は……まあ、そこが愛嬌だし、歴史的にそういう背景が無かったんだから気の毒なことだけどね、すぐ感情的になる。そのくせ、自分たちの社会性の欠如がトラブルの原因であることを理解せず、差別だ不平等だと見当外れに訴える」

不平等——。

自分の違和感の原因は、要するに男女間の不平等だったのだろうか。琉生は葉擦れの音を立てながら首を傾げて考え込む。徹也は気だるげに続けた。

「戦後民主主義の洗礼を受けた社会はとっくに平等で、実力主義だ。強い人間は生き残るし、弱い人間は負ける。うまくいかない奴は、不運もあるが、だいたいは単純に能力が足りないんだよ。それだけのことを、誰も彼もやかこしく言及して、攪《かく》乱《らん》しようとする。現実を直視する勇気がないんだ」

早い口調で告げられた言葉が、時間をかけて意識に沁みていく。衣紋掛けに着物が広げられた試着室でうなだれる、少年の背中を思い出した。

「……なら、あなたが家業を継げなかったのは単純にお兄さんより能力が足りなかったからってことになるけど、いいの？」

寝室から、音が絶えた。

静寂は、徹也から放たれていた。まなじりが裂けるかと思うほど目を見開き、歯を食いしばった男の全身から放たれた青白い怒気がみるみる部屋中に充満した。シィ、と歯の間から細く息を吐き、徹也は獣じみた形相で琉生を睨みつける。

「黙れ」

低く押し潰した警告だった。その首筋に、背中に、黒いものが蠢《うごめ》いている。琉生は静かに聞いた。

「どうしてそんなに怒るの？」

言い終わるよりも先に、琉生は突き飛ばされていた。

横倒しになった体が寝台に弾む。まばたきする間に体を二回り膨らませた徹也は、全身を黒い剛毛に覆われた単眼になっていた。殴りたくて、制したくて、押さえ込みたくて仕方がない。血走った巨大な目から、混じりけのない害意が放たれている。

黒い山のような体が馬乗りになって拳を振り上げた次の瞬間、琉生の全身から鉄砲水の勢いで樹木があふれた。

無数の幹が、枝が、単眼を貫き、ねじり、締め上げながら宙へ浮かせる。黒い体を捕らえた樹木が不気味な軋みと共に圧迫を強めた。ミシミシと音を立てて肉をしぼり、骨をたわめる。ぐう、と漏れ出る悲鳴は、人間の男のものだ。

木々の根元で辛うじて人の輪郭を保つ青白い肉は、うっとりした声を発した。

「ああ……怒るってこんな感じなんだ。怒っても壊れないって分かってる場所じゃないと、怒れないものなのね。私、今、怒ってる。すごい……すごい」

青白い肉は細かに震え、全身から虹色の毛を噴き出させた。皮下に握り拳大の球体がいくつも膨れ、体表を割り、みずみずしい眼球として剝き出される。柔らかな毛に覆われた目玉だらけの生き物を、徹也はもがくことも忘れて見つめた。

「琉生……なのか？」

呼びかけに、澄んだ白目を持つ無数の目がそちらを向いた。

「なあ、下ろしてくれ」

「いや、殴られたくないもの」

「殴らない。いや、殴れないよ。……ほら」

言って、徹也は片腕を浮かせた。脇腹から首元までびっしりと、黒い毛を掻き分けて芽吹いた緑の若葉を示す。

「僕には今、これが生えた」

「ああ……」

「下ろしてくれ」

「……」

「ずっとこのままってわけにはいかないだろう？」

不満げに目を瞬かせ、虹色のかたまりは樹木で捕らえた徹也と一緒にベッドに沈んだ。白い綿のシーツにくるまれ、そのままずぶずぶとマットレスを貫き、床を貫き、深い場所へと落ちていく。

再びシーツが開かれたとき、二人は向かい合ってベッドに座っていた。

パジャマ姿に戻った琉生は、どこか釈然としない気分で膝を抱えて夫を見つめた。

徹也は夢から醒めたような顔で天井を見上げている。

「なあ、ここはどこなんだ？」

「……寝室」

「それは分かるよ。でも、普通の寝室じゃないだろう?」

寝室がどうこうよりも先に言うべきことはないのか、と思う。そもそもなぜ自分は先ほど言われるままに徹也を解放してしまったのだろう。

「……まだ、謝ってもらってない」

かろうじて、違和感をそれらしい言葉に変えて舌にのせる。しかしまったく応えた様子のない徹也の顔を見て、ああ違った、と琉生は口の中が苦くなるのを感じた。

「謝るもなにも、お前だってやり返したじゃないか。こんな変な場所で、男も女もないだろう。一回やられたら一回やり返す。それであいこだ」

暴力をふるった場所や回数が問題なのではないし、やり返せたかどうかで変わる話でもない、となんとなく思う。

頭の中にもやもやといやな感じが広がり、琉生はこめかみを押さえた。なぜだろう、自分は徹也が、謝ってくれると思ったのだ。すぐになにが起こったかを理解して、謝って、反省してくれると思ったのだ。それなのに徹也はそもそも、自分がどれだけひどくて醜いことをしたかすら分かっていないように見える。

うまく言えないし、考えられない。

「どうした?」

徹也はあっさりと聞く。彼の中では、あっさりと聞けてしまう程度のことになってしまっている。琉生は徹也の顔を見返し、感覚の鈍い舌を口の中で動かした。

謝って?

時代遅れ(時代ってなんだ?)、だって普通に考えてひどい(普通という言葉は落とし穴だ)、女を殴るなんて男の恥(恥の問題?)、なぜだろう、浮かぶ言葉がどれもおかしい。暴力をふるわれて、ものすごく嫌だと感じたのは自分なのに、よそから借りてきたような言葉しか出てこない。そもそも、謝って、と懇願がまず出てきたことがおかしい。もしも徹也が自分の立場だったら「お前がしていることはおかしい」と切り出して、懇願ではなく糾弾を始めるはずだ。謝って、と相手に乞うことなど、絶対にしない。

なら、「あなたがしていることはおかしい」だろうか。

「お前」が「あなた」に変わるだけで、要求する力が大きく削がれてしまう。それでも自分は、男性を「お前」とは呼べない。そんな文化に育っていない。

どうして徹也は思うまま自由自在にしゃべっているように見えるのに、自分は脳も舌も、まるで縫い止められたように不自由なんだろう。

「琉生?」

「ちょっと、待ってて」

言って、寝台を下りた。徹也は目を丸くしている。

「ここで?」

「うん」

「……それで百年後に、百合の花になって帰ってくるのか?」

「なにそれ?」

「いいや、なんでもない」

なにが楽しいのか、徹也は唇をむずつかせた。琉生は不思議そうに夫を眺め、続けて、寝室の壁沿いに設置された大きな本棚に目を向けた。威圧感のある分厚い本が棚板が外れそうなほど詰め込まれた、堅牢な知恵の砦。その陰から、まるで招くようにひと巻き、植物の蔓《つる》がこぼれ出ている。

蔓に指を絡めて物陰を覗く。そこには森が広がっている。

緑の薄闇を漕ぐように歩き始めてすぐに彼女は見つかった。

木々が途切れた先、丸く開けた空間で、青瓦の小ぢんまりとした家を守っていた。

「お客さんなんて嬉しいな。ここには誰も来ないから」

家の外にわざわざテーブルと椅子を並べ、彼女は琉生を迎えた。

温かい紅茶に素朴な焼き菓子、どこから摘んできたのだろう、一輪挿しに活《い》けられた可憐な野花がテーブルに並ぶ。

「ずっとあの人を待っているのよ」

彼女の恋人は、遠くにいるらしい。

「二人で幸せに暮らしたい」

彼女の声は春の雪解け水のように澄んで、なに一つ疑ったことがないかのように澄んで、澄み切って、耳の縁をくすぐり流れていく。

「でも、あの人には大切なお仕事がある」

彼女は目に心地よいバランスの取れた清らかな顔立ちと、みずみずしい首、輝きを溜めた豊かな髪を持っている。大柄な男なら両手で握れてしまいそうな細腰と、服越しでもわかる立体感のある乳房を持っている。

「それが終わったら、私のもとに帰ってきてくれる。そうして私をもいで、慈しんで、食べてくれる。手を差し伸べられたら私、自分から枝を離れてあの人の腕に落ちるのよ」

林檎か、洋梨か、そんな爽やかな香りが彼女の体からにじみ出す。熟し、腐敗に爪先を浸す手前の涼やかな、確かな糖度が存在する香り。

子供の頃から見知った相手なのに、琉生はまるで初めて会った気分で彼女を見つめた。

彼女を美しいと感じてきたことが不思議だった。

「あなたはこの森を出ないの？　やりたいことはないの？」

「私はもう、愛するという一番幸せなことをやっているわ」

「愛することが一番幸せなことなら、どうしてあなたの恋人はここにいないの？」

「愛することは私の役割で、あの人は他に、素晴らしいことを成し遂げなければならないから」

「愛することも、素晴らしいことも、二人でやればいい」

彼女は微笑んでいる。まだあなたは分かっていない、いずれ分かるわ、と言わんばかりの寛容さに満ちた笑顔だ。

琉生は続けた。

「ねえ、本当に私たちは、そんなに愛することが好きなの？」

「あなただって、夫を愛しているんでしょう？　こんな馬鹿げた森まで作って、理屈をこねて、彼を必死で受け入れて、許そうとしている」

湿りのある風が吹き、周囲の木々がざわめき始めた。下生えがみるみる丈を伸ばし、深緑の波さながら盛り上がる。一輪挿しの花が力なく頭《こうべ》を垂れ、水を濁らせて朽ちていく。風は覚えのある匂いがした。甘じょっぱい醬油の香りが混ざるこれは、煮炊きの匂いだ。

力いっぱい弾けるような、子供の泣き声が響き渡る。ああん、ああん、とわめき散らし、一緒にいなきゃだめなんだ、と繰り返す。返して、あの子を返してよ。いつしか錆びたテーブルのそばで、子供の形をした淡い光が悔しげに地面を踏みしだいていた。

「嬉しかったくせに」

女の声は笑っている。

「あれを嬉しく思った時にはもう、許すことは決まっていたようなものなのよ」

「嬉しかったよ、もちろん。好きな人からあんなに必死で求められて、嬉しくならないわけ、ない」

琉生は躍動する光に目を細めつつ言った。

「でも、どんなに好きでも、許さないことはあるよ」

「相手の弱さや愚かさ、醜さを受け入れ、許すのが本当の愛でしょう？」

「いやなものを拒んだり、批判したり、変化を求めたりする力を持たない人が、本当に愛する力を持っていると言えるの？」

「……愛は、無条件であるべきよ」

「そんな風に、愛を役割にされた人は、理性の性質を奪われる」

色とりどりの着物が展示された試着室で、自身の母親への悲哀を露わにした若い夫の背中を、琉生は苦々しい気持ちで思い返した。彼は自分に対する盲目的な許しだけを、愛と名付けていた。

「ああ、いやだ」

徹也への嫌悪がほとばしり、ふと気がつくと、目の前の彼女は水を垂らされた水彩画のように、ぼやけた白い影になっていた。琉生は霧を掻きよせるように、彼女の手を握った。

「行こう。ここには誰も来ないって、自分で言っていたじゃない。私はもう、誰のことも許したくないよ。醜さを見つけたら、許すんじゃなく、目を覗いて話し合いたい」

「……そんなにうまくいくかしら」

声は揺れながら、煙のように体を取り巻く。

「目を覗き合うのは苦しいことよ。弱くてずるい、あなたの夫が耐えられるかしら。そんな苦行に付き合わせることが、本当に本当に愛なのかしら」

彼女は甘い香りと共に琉生の周りを漂い、しばらくすると薄れて消えた。

気がつけば青瓦の家は地面から這い上がった植物に覆われ、緑色の小山になっていた。太く力強い枝が内側から窓を破り、天井の半分を崩して枝葉を広げている。椅子も、テーブルも、可憐な野花の一輪挿しも、気がつけばなにもなくなっていた。目の前には、それまでと変わらない鬱蒼とした緑の闇が広がっている。

古い友人との別れに似た寂しさと同時に、真新しい風が脳の回路を一巡りして吹き抜けていくような感覚がこみ上げ、琉生はまばたきをした。物心ついた頃から、自分の内部で食い違いを生んでいたもの。脳と舌を縛っていた幻が溶けた。

下生えを踏み分けて寝室へ戻ると、徹也はベッドの上で片膝を抱え、背中を丸めて座っていた。

彼は、体中からさみどり色の芽を噴き出させていた。植物に侵されながら、時々まばたきをして、足の爪の間にぽつぽつと咲いた黄色い花を眺めていた。

先ほどの一輪挿しに活けられた野花は幻だった。自分の森には、花が咲かないのだ。久しぶりに本物の花を見た気がして、琉生はしばらく夫の爪先に見とれた。

「花になるのは徹也さんの方だったね」

呼びかけると、緩慢な仕草で夫は顔を上げる。

「もう帰ってこないかと思ったじゃないか」

「そんなに長かった?」

「よく分からない。待つ側は怖いな」

「そうだね」

頷き、少し間を置いて、琉生は徹也の背を撫でた。シャツの繊維から飛び出した芽がさりさりと指に押されてたわむ。

「我慢して、待っていてくれてありがとう」

琉生は寝台へ上がった。マットレスには無数の草が生えていた。時間をかけてうずくまる伴侶を眺め、琉生は言葉が唇にやってくるのを待った。

「私は、徹也さんがすごく……家の中でも立派でいようとして、外でのふるまいや決まり事を持ち込むのがいやだった」

黄色い花を見たまま、徹也は目の端を笑みに歪ませた。

「夫婦観の違いだ。もっと早くに話し合うべきだったな」

「無理だよ」

はっきりと、琉生は言った。

「今だって、妻の話をまともに聞いている自分は偉い、なんて思ってる人と、話し合いなんて永遠に出来るわけがないよ」

「まだ怒ってやがる」

「怒ったのは、私じゃない」

「悪かったよ。侮辱されたと思ったんだ」

「聞き返しただけで侮辱だなんて、耳がおかしい。それで殴りかかるのは、頭がおかしい」

「きっと耳も頭もおかしいんだ」

そんな自虐的なことを言う徹也の口元が、緩み始めた。目尻に笑い皺を刻み、ちらりと琉生の顔を見上げ、くすぐったくてたまらないとばかりに目を逸らす。子供じみた、琉生があまり見たことのない表情を浮かべていた。

「どうしたの？」

「わからない。楽しい」

「……そう」

「今なら、目玉だらけのお化けにもなれる気がする。虹色ってところがいいよな。見える世界も変わるだろう。新しい話が書けるかもしれない」

徹也のおかしみにポイントがつかめず、琉生は不思議な心地で首を傾げた。足の爪から花を生やす人だ。自分よりももしかしたら、フェミニンなものを愛する素質があるのかもしれない。

「なりたいと思っていたら、そのうちなるんじゃない？」

「君は、僕が夫らしさや男らしさを無くすことに抵抗はないのか？」

「いきなり殴ろうとしてくる血眼のサイクロプスより、虹色のお化けの方がずっといいよ。むしろ、今のままで受け入れられると思ってる方が、おかしい」

「そうか……それは、そうだな……」

意識せずといった様子で、徹也は手を浮かせた。芽が特に密に生い茂った、首の後ろをゆるく掻く。確信を失い、変化を予感した彼はまばたきが多くなった。体の力が抜け、期待するような、不安なような、様々な感情が入り交じった水気の多い目をしている。

少し手を伸ばすだけで、プライドが高くしっとりと湿った、この人の魂に触れられそう。

そう思った瞬間、琉生はとても久しぶりに、自分の伴侶に欲情した。

「徹也さん、出会ってから一番セクシーだよ、今」

「なんだそれは」

冗談か皮肉として受け取ったのだろう。徹也は怪訝そうに口をとがらせた。眉をひそめ、天井を見上げて首を回す。

「要するに、ここは君の夢の中なんだな。夢の中で二人、化け物だの植物だの、人の姿を捨てて現世の気晴らしをしている」

「……たぶん、違う、かな？」

「外とは隔絶した場所なんだろう？　文化や歴史をすべて無視して思うままに変身できる、非現実的なユートピア。うさぎの穴に落ちたアリスが駆け抜けた妄想の世界だ」

「外は今、どうなってると思う？」

大した理由もない、思いつきのような質問だった。しかし自分が発した問いに導かれて思考が動く。虚を突かれた様子で徹也は目を見開いた。

「どうって？」

「私もよく分からない。でも、徹也さんにすら生えたんだ。森は、思ったより、広がるんじゃないかな。いくら私たち二人だけの寝室、二人だけの夢だって思っても、実際は、どこかしらに繋がってるんだと思う」

「……スピリチュアルだな」

「そう？」

「そういうの、信じないことにしてたんだけどなあ」

琉生は本棚に目をやった。背表紙の文字を眺めるうちに、白い霧となった彼女の香りをふっと思い出す。いつのまにか自分の内部に住んでいた彼女と同じように、森の種も、いつのまにか自分の内部に蒔かれていた。それはなにも不思議なことではないのだろう。この寝室だって、外の文化や歴史と地続きになっている。本があるのがその証拠だ。

「ねえ、昔……『涙《るい》』を初めて読んだとき、私がなんて言ったか、覚えてる？」

「ん？　ああ、やっぱり君は変わってるって思ったからな。えーと……そうだ。いいなあ私もこんな奥さんと暮らしてみたい、だ」

徹也はさもおかしいとばかりに目を細める。琉生は頷き、続けた。

「それに、徹也さんは、なんて応えた？」

「……覚えてないな」

「え、そっち？　だよ。笑いながら。……あれが一番びっくりしたな。だって、そう言われるまで私はずっと、徹也さんの書斎にあるたくさんの本を、主人公の男性や男の子たちに感情移入して読んでたから。……ああ、こんな風にたくさんの困難に打ち勝って、すばらしいものと出会いたい。誰も辿り着いたことのない場所に行って、世界の神秘に触りたい。厳しくて容赦のないものと争って、自分の命の輪郭を感じたい。……それが男性に向けられた物語だなんて、考えもしなかった。ただの人間の話で、私だってその中に入ってると思ってた」

「なにを言ってる。もちろんそれは人間の話だ。書いている側は、読者が男か女かなんて気にしない。琉生みたいに、性別の違う登場人物に共感する読者は山ほどいるし、それを嫌がる作者は僕を含めてこの世に一人もいないさ」

なにかがずれたように感じ、琉生は眉をひそめた。短く考え、首を振り、再び口を開く。

「徹也さんの本も含めて、好きだと思っていた色んな本を読み直したの。それで、もう一回びっくりした。主人公の目線で読んでいた頃、私は、それまで物語のなかの女性が……殴ってくる人を簡単に許したり、それまで恋仲じゃなかった人とのセックスをいきなり受け入れたり、そんな動き方をすることについて、なんとも思ってなかったの。……でも、確かに徹也さんの言う通り、私は思わせぶりにエッチで、急に母親っぽく優しくなって、最後は困難に打ち勝った主人公にご褒美をあげて、存在を丸ごと許さなければならない彼女たちと、同じ性別なの。そんな役、まっぴらなのに、美しい女性とはそういうものなんだって学んで、違和感すら持たずにその物語を好きでいた。……自分の頭が、信じられなかった」

「あのなあ……そんなに文句を言うなら、女性作家の本を読みなさいよ。人の本棚に文句をつけないで、自分の本棚を作りなさい。女性作家が書いた、女性が主人公の冒険活劇を読めばいい。もしもそういう物語が市場に少ないとしたら、それは彼女らの怠慢と敗北であって僕のせいじゃない。そもそも女性作家だって非現実的な男はたくさん書いてるんだから、こんなのはお互い様だ。縄張りを侵さないことが大切なんだ」

「お互い様ってことは、女性は女性で、男性を、非現実的に描いた作品を好きに楽しめってこと?」

「表現の自由がある。文句を言う話じゃないし、言われる話でもないさ」

今度は琉生が天井を見上げる番だった。考えが進むにつれて、寝台に伸ばした足の先が左右に揺れる。徹也もまた、あぐらを掻いた自分の膝に頰杖をついて黙っている。

琉生はふと、徹也がいつものように「君が言っているのは要するに」とまとめにかからず、待っていることに気づいた。

「これって、さっきの、暴力の話みたい」

「ん？」

「やられたらやり返す的な……それぞれ好きに殴って、不快になって、気がついたら身動きが取れない……みたいな」

「自分にとって不愉快な表現を規制するのは、差別の第一歩だぞ」

「なくなればいいのにってわけじゃない。ただ、そうだな……登場人物の役割分担や動き方に、性別が影響しないお話をもっと読みたい。そういうどちらの縄張り……縄張りって言い方もいやだな……男性向け、女性向けに分けられない、待ち合わせ場所みたいな話がたくさん出て、当たり前に内容を話し合えるようになったら、いいと思う。そこを真ん中に、好みに応じてグラデーションで男性向け、女性向けに分かれていくの」

徹也は頬杖をついた姿勢のまま、しばらく壁の一点を見つめていた。

「……ベクデルテストをパスする作品が近いのかな」

「なにそれ?」

「映画業界にはあるんだ。そういう、作品が性差別的かどうかを確認する指標が。名前のついている女性の登場人物が二人以上いて、彼女らが会話をし、さらにその会話の内容が男性にまつわることじゃないっていう三項目」

「なんでそれが指標なの? 普通過ぎない?」

「普通って思うだろう。けれど、テストをパスする作品が少ないんだ。有名映画と言われて人々の頭にタイトルが浮かぶ作品の多くが、意外なほどパスしていない」

でもなあ、と徹也は苦々しい口調で続けた。

「作品から性差をなくそうとしても、作り手には性別があるし、作り手が所属する社会には性別ごとにイメージされる像がある。作品の中でだけ性差をなくしたって、それは非現実的なユートピアに過ぎないんじゃないか。むしろ非人間的な気がする」

「……現実では、性別で色々役割を分担してるのに、お話の中だけでその役割をなくしてもしょうがないだろうってこと?」

徹也は黙って顎を引いた。琉生はよく分からないとばかりに眉を寄せる。

「なんで、名前のついた女性が二人以上いて、男性にまつわること以外のおしゃべりをしてるなんて、当たり前の景色がユートピアなの？　逆だよ。たくさんの映画が、さっきのなんとかテストをパスできないなら、もっと広くて色んなことが起こっている現実に対して、物語がすくいとっている領域が、ものすごく狭いんだ。……私がどっしりしたサイクロプスになったり、徹也さんが虹色のお化けになったり、お互いにもっと居心地のいい別の姿を探したり、なんなら日替わりで交代したっていい。きっと私たち夫婦には違う可能性がたくさんあるのに、それを、ないことにする物語じゃなくて、すくいとってくれる物語が読みたいよ」

頬を支えていた手を額《ひたい》に当て、うつむいた徹也は長く沈黙した。琉生は、夫のつむじを見つめて待った。

「ようするに僕は今、読者からクレームを受けているのか」

「……そうかな？　そうかも」

「人間だったり社会だったり、そういうでかいものの定義を再構築するような作品が読みたいなら、SFに手を伸ばしてみるといい。あと最近は一般文芸でもジェンダーをテーマにしている作品は多い。いくつか見繕ってみよう。さっきも言ったけど君は君だけの本棚を作るべきだ」

理知的な口調でそこまで言って、徹也は口をつぐんだ。戸惑うように、照れるように、唇の両端に力が入った複雑な表情を垣間見せる。

「それとはまったく別の話で、僕は次にどんな作品を書くか、考える」

「うん」

差し出された片腕の意味を、琉生は数秒つかみ損ねた。徹也はぎこちない挙動で、慎重に体を近づけてくる。

「……また、二人で話そう」

琉生は両手を夫の体に回し、木の芽の生えた首筋に頬を埋めた。皮膚に押し当てた耳がかすかな音を拾う。ぷつぷつ、ぱちぱちと爆ぜるそれは、新しい森が生まれる音だ。目を閉じる。

私の森を飲み込んで茂る夫の森は、まったく違う姿を見せるだろう。森は更新され、また新たな不完全さに苦しみながら次の萌芽を待ちわびる。

＊

月に一度、第三週の木曜日の午前中に埜渡琉生は二階の寝室へ向かい、今では針葉樹の直線的な幹が並んだ見通しの良い森に入る。森は苔むしており、地面も樹木も、砕いた金平糖をばらまいたような黄色い花に彩られている。

黒々とした木の根のあいだからプリントアウトされた原稿を一枚ずつ拾い、ページ番号にそって並べ直す。すべてのページを集め終わると、近くの幹に手を当てた。細長くいびつな鱗に似た木肌の出っ張りを、くぼみを、なぞるように撫でる。そうしていると夫の体に触れている時とも原稿を読んでいる時とも違う、不思議な安らぎが胸に満ちた。

デニムのポケットに入れたスマートフォンが振動した。着信を伝える画面に指を滑らせ、耳に当てる。最寄り駅に到着した白崎《しろさき》からの連絡だった。執筆の邪魔にならないよう小声で受け答えをしつつ、体温の沁みた木肌から手を離す。

「それじゃあ、また」

森の奥へと声をかけ、作家の妻は原稿を抱いて静かに寝室をあとにした。

解説

窪 美澄

「妻がはつがしたんだ」

という台詞で、ああ、彩瀬まるの作品だ！　と心が躍った。

人間が発芽する、というモチーフを描く作家といえば彩瀬まる。今回はそれが森になるという。

主な登場人物は作家の埜渡、その妻である琉生。

長編小説である本作は、埜渡の担当編集者である瀬木口、埜渡の小説講座に通う木成、瀬木口の後任編集者である白崎、そして、埜渡、琉生……と視点人物を変えながら紡がれていく。

埜渡は『涙《るい》』、『緑園』という作品で、琉生をモデルに小説を書いた。業界ではおしどり夫婦と呼ばれているものの、その力関係はどうにも不均衡で危ういものに見える。埜渡が講師を務める小説講座の生徒・木成との浮気を疑った琉生はボウル一杯の種子を飲み、毛穴中から緑を芽吹かせ、家と、そして町をも侵食する森になっていく。

現実には起こりえないフィクションの世界に読み手を引きずりこんでいくその手腕は、いつにも増して力強いが、それでいて、その圧を感じさせない小説的なたくらみに満ちている。

今回、この作品を書くにあたり、彩瀬氏のなかできっかけになった出来事があるという。

皆さんも記憶に新しいだろう、写真家荒木《あらき》経惟《のぶよし》氏のミューズと言われていたひとりの女性による告白。同意も報酬もないまま、写真家のモデルとして居続けなければならなかった彼女の苦しみ。その一連の出来事がきっかけになって、この大作は誕生した。

私は彩瀬氏より、二十年近く多く年齢を重ねている。

私が若い頃から、荒木氏は常にカルチャーの最前線にいて、彼の名前の前には必ず、天才、という枕詞がついた。もちろん、彼がそういう立場にいたとしても、その行動を疑った人はいたはずだし、少なくはない告発もあったはずだ。けれど、その声は常に賞賛の声にかき消されてきたのだろう。

彼女の告白を受けて、

「芸術家がすばらしい作品を作るからといって、大義名分の陰で〝奪われる人〟がいるとき、何の疑問も持たずに甘受するだけでいいのか」（「CREA」二〇一九年十一月号）

と、彩瀬氏は語っているが、私がこの出来事に接して生まれた感情は、もっともっと後ろめたいものだった。埜渡のように荒木氏にも妻をモデルにした一連の素晴らしい作品があり、その作品集が私の手元にもある。

彼の写真を見て一度は感動で震えた心をなしにはできない。けれど、「知ってしまった今」になっては、以前のように彼を天才と崇めることはできない。彼女の告白を読んでわき上がったのは、何も知らなかった、知ろうとしなかった自分への強い恥の感覚で、若い彩瀬氏よりも長い間、無自覚に、荒木氏の作品にどっぷり浸かって消費していた自分に、彼女に寄り添う資格があるとも思えなかった。

ふと、書棚を振り返る。私が好きな近代の男性作家の背表紙が並ぶ。作家たちは、作品のなかで自由に女を描いている。自由に？　女性は彼らの思うミューズになり、聖女になり、娼婦になる。その輪郭線を辿るペンは男が多く握っている。再び、不均衡、という言葉が頭に浮かぶ。時代が現代に至ってもなお数が足りない。男が描く女よりも、女が自由に描く男の数がまったく足りないということに気づく。だったら女が自主的に生きている物語を書かなければ、と自分を奮い起こして私も幾つかの作品を書いた。

彩瀬氏と私は同じ賞、「女による女のためのR－18文学賞」でデビューしている。元々は「性」がテーマとなっていたこの賞で、書き手たちは男の視線にとらわれない女の自由な性を描いた。けれど、自由に生きる女を自由に描いているようでいて、その性が、女性像が、どこか男性視線の刷り込みを受けたものになっている、と気づいてしまう瞬間が度々訪れることがある。

自分のなかでは、当然、あるいは自然、だったものが、ある日突然、古めかしいものに変容してしまう。だから、自分の価値観をアップデートさせ、自分自身をも新陳代謝をくり返す。それこそが、今を生きる作家のたしなみだ、と言われても、それがくり返されるとやはり疲弊する。特に最近は、そのペースが異様に速くなっているという傾向もある。

この物語でも、琉生がこんなふうに語り出すシーンがある。

「……私は思わせぶりにエッチで、急に母親っぽく優しくなって、最後は困難に打ち勝った主人公にご褒美をあげて、存在を丸ごと許さなければならない彼女たちと、同じ性別なの。」

奔放な女を描いているのに、どこか世のなかの座りのいい常識に無意識に引っ張られていることに気がついて愕然とすることは、もう幾度も体験した。

同時に、小説を書き続けていると、その行為のなかに、他人を侵食していく暴力性が含まれていることにも気づいてしまう。例えば、私は、「生活や人間関係に、だらしのない男性」というのをくり返し描いてしまうのだけれど、具体的に誰かをモデルにしていなくても、それはいつか、私の人生を通り過ぎていった誰かに似ている。

また、実際に起こった出来事をモチーフに小説を書くこともある。そんな小説を書いているとき、書き手の指は神の指になってしまうことがある。当然、フィクシヨンだから、と百パーセント許されるわけではない。小説を書くのは決して白く輝く美しい指ではない。だから、常に自分は糾弾する側ではなくて、糾弾される側なのだ、という自覚がある。

こんな告解めいたことをつらつらと書いてしまうのも、この作品が、「逃さない」という視線を放っているからかもしれない。強い「怒り」を彩瀬氏は抱え続けている。だから、読んでいて少し苦しいし、出版の世界の内側を描いているだけに、書いている彩瀬氏も苦しかったのではないかと思う。

男が見たいように女を見る。けれど、その一方的なイメージを押しつけられた結果、女たちは変容してしまう。埜渡という作家も、瀬木口という編集者も、自分の妻たちが狂っていくのを止めることができない。そして、彩瀬氏が逃さず見つめているのは、男性から女性に向けられた視線だけに留まらない。

第三章に登場する、瀬木口の後任となる女性編集者白崎が、管理職の女性にこんなことを言われるシーンがある。

「……モード系のパンツルックでがんがん意見を出していくと、まず萎縮して引いちゃう。心のシャッターがバッシーンって閉まる。（中略）……ににこにこ聞き役に徹して、十しゃべらせてからそっと二ぐらい意見を返す、ぐらいのさじ加減でやると上手くいくよ」

女を抑圧し、女らしさを強要する存在は男だけではない。彩瀬氏は同性である女の罪も問う。

この台詞で思い出す言葉がある。子育てに悩んでいた頃のことだ。私の母くらいの年代の女性にこう言われた。

「男の子はとにかく褒めるのよ。男の子でも男性でも、褒めて、褒めて、掌の上で転がすの。男の子のほうが女の子より愛情がたくさん必要なのだから」

藁《わら》にもすがるような時期にもらった言葉で、頭のなかが「?・?・」となり、「与えるべき愛情の量に性差があるのだろうか?・」と思いながらも、私は子どもを褒め続けた（それくらい追い詰められていた）。子どもは「すごーい!」と言えば笑顔を返す。けれど、本当にこれでいいのか?　と思い続けたまま、子どもは大人になってしまった。

「すごーい!」という母（あるいは家族）のワントーン高い声で育った男性も少なくないのだろう。大人の男性にこの言葉を放っても、犬のようにうれしさを隠さない人も多い（失礼！）。けれど、本当にそれでよかったのか？　男ってそんなにだめで弱い存在で、女はそれに気遣いを見せないといけないのだろうか。

一方で、白崎の夫がこんなふうに口にする。

「あのな、男は物心ついたときからずーっと競ってるんだ。ずーっと、どうやって周りの人間に勝つか、有能さを示してのし上がるか、考えてる。（中略）……最後まで弱いままで愛される少年漫画の主人公なんていないんだ。」

そんなことに気づかなかった。だから、男の人は喧嘩の途中で口ごもるのだろうか？　弱いままでも愛するのに。読むそばから、考えが頭をめぐり始める。それ以前に、男の人のことも、なんでこんなに彩瀬氏はわかるのだろう。「人生何周目なの？」と実際に訊いたこともあるのだが。

というように、『森があふれる』は、終始、書かれていること以上に雄弁な物語だ。闘うべき相手を冷静に見据えて、放たれる言葉は終わることがない。けれど、追及して貶めるという安易な勝ち負けにこの物語は終わらない。

この物語の最大の魅力は、相手を理解する、ということを最後まで放棄しないところにある。

深い森に変容していてもなお、琉生は埜渡から離れない。そして、最終章である第5章、物語はもっと深淵に進む。二人の会話は終始かみ合わず、平行線を辿る。「自分がもっと賢かったら、二人の問題点を的確に指摘して、徹也（埜渡）を説得し、状況を変えられたかもしれない」という琉生の独白が心に痛い。そう思って胸の内にあることをのみ込んでしまう。だから、琉生は芽吹く、森になる。そして、埜渡との対峙。誰かが誰かをわかろうとするときにどうしようもなく生じてしまう、身が切られるような痛みを感じつつ、この章で論じられる問いかけから、読み手は目を離すことができないだろう。変容を重ねた琉生が放った「醜さを見つけたら、許すんじゃなく、目を覗いて話し合いたい」という台詞には、暗い森のなかに、すっと差す日の光を見た思いがした。

読む前と、読んだあと、世界の様相がぐるりと変わってしまう作品があるが、『森があふれる』もそうした作品だ。気づかず、通り過ぎてしまった、生きてきてしまった世界を、激しく揺さぶる。

「知ってしまった今」、私たちはどう生きるのか。

男とは、女とは、そして、男らしさとは、女らしさとは。

簡単には答えの出ないこのテーマから決して目を離さなかった彩瀬まるという作家の胆力。彼女のどこからそんな力が生まれてくるのだろう。

『森があふれる』は英語版に続き、イタリア語版も出版され、話題になっているという。どうか日本という狭いところに留まらず、世界標準の作品を書き続けてほしい。彩瀬氏ならばそれができると確信している。

「……森は、思ったより、広がるんじゃないかな。」

最終章の琉生のこの台詞のように、世界中に彼女の描いた森が広がり、読者がなんらかの気づきを得ることを願ってやまない。


（くぼ・みすみ＝小説家）

本書は、二〇一九年に小社より単行本として刊行されました。

森《もり》があふれる

二〇二四年 六 月一〇日 初版印刷
二〇二四年 六 月二〇日 初版発行

著 者 彩瀬《あやせ》まる
発行者 小野寺優
発行所 株式会社河出書房新社
〒一六二-八五四四
東京都新宿区東五軒町二-一三
電話〇三-三四〇四-八六一一（編集）
〇三-三四〇四-一二〇一（営業）
https://www.kawade.co.jp/

ロゴ・表紙デザイン 粟津潔
本文フォーマット 佐々木暁
本文組版 KAWADE DTP WORKS
印刷・製本 TOPPAN株式会社

Printed in Japan ISBN978-4-309-42108-7

あなたを奪うの。

窪美澄／千早茜／彩瀬まる／花房観音／宮木あや子　41515-4

絶対にあの人がほしい。何をしても、何が起きても——。今もっとも注目される女性作家・窪美澄、千早茜、彩瀬まる、花房観音、宮木あや子の五人が「略奪愛」をテーマに紡いだ、書き下ろし恋愛小説集。

弱法師

中山可穂　41883-4

能楽をモチーフとした、著者最愛の作品集（「弱法師」「卒塔婆小町」「浮舟」を収録）。河出文庫版の新規あとがきも掲載。

感情教育

中山可穂　41929-9

出産直後に母に捨てられた那智と、父に捨てられた理緒。時を経て、母になった那智と、ライターとして活躍する理緒が出会う時、至高の恋が燃え上がる。『白い薔薇の淵まで』と並ぶ著者最高傑作が遂に復刊！

あられもない祈り

島本理生　41228-3

〈あなた〉と〈私〉……名前すら必要としない二人の、密室のような恋——幼い頃から自分を大事にできなかった主人公が、恋を通して知った生きるための欲望。西加奈子さん絶賛他話題騒然、至上の恋愛小説。

人のセックスを笑うな

山崎ナオコーラ　40814-9

十九歳のオレと三十九歳のユリ。恋とも愛ともつかぬいとしさが、オレを駆り立てた——「思わず嫉妬したくなる程の才能」と選考委員に絶賛された、せつなさ百パーセントの恋愛小説。第四十一回文藝賞受賞作。映画化。

異性

角田光代／穂村弘　41326-6

好きだから許せる？　好きだけど許せない⁉　男と女は互いにひかれあいながら、どうしてわかりあえないのか。カクちゃん＆ほむほむが、男と女についてとことん考えた、恋愛考察エッセイ。